衣食住行的百年变迁

（外两种）

包天笑 —— 著
王稼句 —— 整理

中国出版集团有限公司
华文出版社

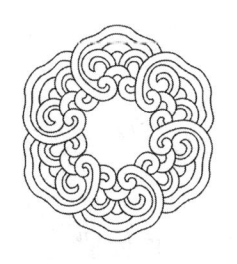

目　次

整理弁言

衣食住行的百年变迁

食之部　\ 10

衣之部　\ 41

住之部　\ 74

行之部　\ 107

附录一：大闸蟹史考 \ 138

附录二：记包天笑先生 \ 142

后　记 \ 172

六十年来妆服志

上　篇 \ 176

中　篇 \ 196

下　篇 \ 216

六十年来饮食志

上　篇 \ 238

整理弁言

包天笑先生，江苏吴县（今苏州市吴中区）人，一八七六年生，初名清柱，更名公毅，字朗孙，生平所署笔名甚多，天笑乃其一也。一八九四年为县学生员。一九〇〇年起，与友人在苏州组织励学会，开办东来书庄，刊印《励学译编》，与杨紫驎合译《迦因小传》，创办《苏州白话报》，又受南京高等学堂督办蒯光典委托，去上海筹办金粟斋译书处，出版严译名著等。此后在苏州吴中公学社执教，应聘青州府中学堂监督近两年。辛亥前夕进入上海时报馆，与陈景韩轮流主编《小说时报》，同时兼职于小说林编译所，主编《妇女时报》，开始小说创作。入民国后，先后主编《小说大观》、《小说画报》、《星期》、《长青》、《立报》副刊《花果山》等，还曾在商务印书馆编译所任职，为明星影片公司撰写剧本。抗战胜利后，一度依长子可永寄居台湾，一九五〇年初定居香港，直到一九七三年十一月二十四日病卒，享年九十八岁。据旧俗之例，将其虚岁加上他生平经历之闰月，讣告上印着他一百零一岁寿终正寝。

包天笑在文学史上有诸多贡献。其一，他是白话文学的提倡者，一九一七年年初，他创办《小说画报》,第一号《例言》第一条就说:"小说以白话为正宗,本杂志全用白话体,取其雅俗共赏,凡闺秀、学生、商界、工人,无不咸宜。"这个发刊宗旨,与胡适《文学改良刍议》发表于同年同月。其二,他编译教育小说,在当时影响甚大,范烟桥在《最近十五年之小说》中说:"天笑所为长篇小说,以教育小说为最,如《苦儿流浪记》、《孤难感遇记》、《青灯回味录》、《埋石弃石记》、《馨儿就学记》、《双雏泪》,皆载《教育杂志》,得教育部褒奖。《馨儿就学记》十五年七月已八版,为小说中流行最多之作。"其三,编译外国小说,有《铁世界》、《纪克麦再生案》、《八一三》、《儿童历》、《空谷兰》、《梅花落》等。其中《空谷兰》先由文明戏演红,一九二五年由明星影片公司拍成默片,由张织云、杨耐梅主演,一九三四年又重拍有声片,由胡蝶、严月娴主演。其四,小说创作成就巨大,主要有长篇小说《留芳记》、《上海春秋》、《玉笑珠香》、《换巢鸾凤》、《不如归去》,短篇小说集《包天笑说集》等,在当时赢得最广泛的读者。辛亥前发表的短篇代表作《一缕麻》,一九一五年改编为时装京剧,由梅兰芳主演;一九二七年改编为电影《挂名的夫妻》,由阮

玲玉主演；一九四六年又改编为越剧，由袁雪芬、范瑞娟主演。其五，晚年所作《钏影楼回忆录》正续编、《衣食住行的百年变迁》等，以亲身经历，回顾清末民初社会、经济、生活、人文、风俗诸多方面的情形，坦诚纯笃，不事修饰，乃是不可多得的珍贵史料。

《衣食住行的百年变迁》分"食之部"、"衣之部"、"住之部"、"行之部"四章，凡五万五千馀字，写于一九七三年，即作者逝世的当年，七月五日起在香港《新晚报》连载，断断续续，至十月六日刊登完毕。包天笑逝世后，高伯雨对连载进行整理，一九七四年二月由香港大华出版社出版，并附录了包天笑的最后一篇文章《大闸蟹史考》，以及高伯雨写的《记包天笑先生》。高伯雨在《后记》中说："包先生写这个变迁，并非是考证文章，只是写他童年到老所见的一百年中变迁的趣事。就是因为不是写考证，所以内容不见枯燥，反而趣味横生，大家读起来都懂得。中国的一位最老的作家临终前还遗留给我们一部这样有价值的著作，真是读书界值得庆幸的事。"

《衣食住行的百年变迁》惟大华出版社刊行过一版，二十世纪八十年代后期，政协苏州市委员会文史编辑室曾予翻印,内部发行,流传未广。此次整理,以大华本为底本,保持其原汁原味。此外,作者在一九四五年的《杂志》上,连载《六十年来妆服志》和《六十年来饮食志》,后者因《杂志》停刊,仅有"上篇",未见续作,因这两篇与《衣食住行的百年变迁》有前后因果关系,且写法和内容均不同,故予合刊,飨劳读者。

此次整理,在保持语言时代特色的前提下,对部分代词、助词和标点符号的使用做了规范化处理。

王稼句

二〇二四年三月四日

衣食住行的百年变迁

有一位先生，他喜欢研究近代社会历史的，他说："近百年以来，世界的变动，那样的迅疾，真令人不可思议。我们不谈政治经济，不论道德学问，就人民生活而言，昔人所说，人民的生活，有四大端，曰衣、食、住、行。到了现在除了四大端外，还要添出许多来，如艺术、娱乐、交际、游观之类，也是人生所不可缺的。我们且不去管它，只把这百年来的衣、食、住、行四端，关于中国的逐渐变迁谈谈如何？你先生如有兴趣，何妨回忆一下，写些出来，像说故事一般，给青年人知道一些呢？"

我说："嗳！你所提出的问题太大了。衣、食、住、行是人生在世上活命的基础，虽自古以来，一直在变迁，确是近百年来变迁得最迅捷、最复杂、最神奇、最荒诞的。不容赘言，世界各国，都在变迁，而我中国也无庸多让。只是我国治社会史的，不大注意于此，虽以我国地大物博，称誉于世界，而一治一乱，兴衰靡常，加以兵燹年荒，民穷财尽，人民生活顿失常度。执笔者欲为之记述，亦觉得棼然难于整理呢。这衣、食、住、行四端也有散见于近代作家的史传笔记的，可惜语焉不详，事成过去，不必再提了吧？"

那位先生道:"鉴往可以知来,知新亦宜温故,我们并不要写什么货殖传、事物原,不过就回忆所及,随便写写,因为现在的年轻人,生长于这个时代之中,即仅仅不及百年的陈迹,亦已罔然不知了。蜕变如此的迅速,如此的离奇,真有使人想都想不到的。先生以期颐之年,就所亲历闻见,追述前尘,亦足为将来编述近代史的有所参证呢。"

我说:"这样的一个人生大问题,我可以知道什么呢?随自然的趋势,不是一家一国的事,而是世界的事。而且这个生活问题,正似洪流的狂放奔腾而来,又谁能抵御呢?我虽然在这近百年来略有所知,也不过在城市乡里之间,咫闻尺见而已。即使旅行客居,所到的区域有限,风气习俗,亦各有不同。一自欧风东渐,由中国的沿海侵入内陆,便糅杂了许多夷风洋派。那也无怪其然,科学发达,技艺日精,人民还是固守旧习吗?推陈出新,争奇炫异,也是人情之常。既承督促,我以病中无聊,即就见闻所及,无理绪无了解的随便写一些出来,博闻深思的史家,当有以参考之。"

以下便是我所记述的。

食之部

在衣、食、住、行四者之间，将顺序谈起来吗？我觉得当以"食"字为先。语云："民以食为天。"食是养命之源，真是"一日不可无此君"，衣、住、行三者，权且退后。人自呱呱堕地以后，大自然就为你安排了母乳，供你享受，可谓深恩厚泽了。自古以来，以及到了近百年间，我们中国人，凡是婴儿，总是吮了母乳，我就是吮了母乳长大起来的。但到了后来，那些有钱人家，生了孩子，有不吸母乳而雇用乳母的（其所以不能自己喂奶，有种种原因，我这里不赘述），于是那些贫穷之家的少妇，便弃了她自己所亲生的儿女，而喂养有钱人家的儿女去了。

在我们江南一带出来当奶妈的人，以农妇为多，本为佃户，或遇荒歉，她们当然亦很愿意，一则工资较其他女佣为高；二则待遇较优，比了赤脚种田，不是好得多吗？那就不顾自己的儿女嗷嗷待哺了。但是据医学家说，婴儿总是吸自己的母乳为正当，吸别人的乳，便不免有种种问题了。

于是在此期间，牛乳在从国外侵袭进来了。中国本也有牛乳，却没有想到供给婴儿来吸饮，成人可以饮牛乳，婴儿为什么不能饮牛乳呢？此风一开，牛乳便来夺人乳之席，大家觉得是个新发明，医生也无从否认。尤其是那一班以丰满美好的胴体夸示于人的小母亲，正为之欢喜雀跃不已，向者对于乳部只尽义务，今者对于乳部兼有令誉，这岂非上帝所赐的福音吗？因此聪明人又进一步，为了婴儿便利计，奶汁更成为奶粉，即使孩子离母也不必耽心，有父也可以代母职。这些奶粉，始则仰仗于舶来品，现在我国自力更生，什么食品不能自制？所以现在我国近海的通都大市，受到欧化的，婴儿都不仰赖母乳，恐不日即将普及于大陆了。

这是人类出世以后，对于食事，破题儿第一变呀！可是婴儿不能常饮奶汁，或七八月，或九十月，便要断奶，继之以渐为成人日常所饮食了。我今便要谈到人类的主食问题。

世界人类的主食为两大宗，质言之，即是小麦与大米。我不谈经史所载后稷"教民稼穑"、"树艺五谷"这些远古的事，但历古以来，都以此两大宗，养育世

界人民。全球各国，大家都知道欧美两洲都是以小麦为主食，亚洲等国则是以大米为主食。吃面包与吃米饭，好似各分疆界，实则同为生活而已。或问食麦与食米，孰为最多？在现代人群看来，以为欧美是先进国，大小各邦，林林总总，似乎食麦者众，但是以人口而言，则亚洲各国食米的人民，将占胜数了。至于那些少数民族的粮食，也有他们自己种植的杂粮，不在这里讨论之列。

在我们中国北方食麦，南方食米，也是众所周知的事。北方有好多省，如东北、西北都是食麦的；南方也有好多省，如东南、西南都是食米的。以地区而言，北方为广大；以人群而言，南方为繁盛。究竟食麦者多呢？食米者多呢？现在我政府自有统计，消长盈虚，早为安排。不过中国是大一统，南北都是同胞，不曾分家，北方人也有很多食稻米的，南方人也有很多食面粉的，各就其所而已。

我是江南人，自出世以来，脱离母乳，即以稻米为主食，一日三餐，或粥或饭，莫不藉此疗饥。但说到了辅食，每日的点心、闲食，一切糕饼之类，都属于麦粉所制。尤其是面条，花样之多，无出其右，有荤面、素面、汤面、煎面、冷面、热面、阳春面(价最廉,当时每大碗仅制钱十文,以有阳春十月之语,美其名曰阳春面。今虽已成陈迹而价廉者仍有此称)、糊涂面(此家常食品,以青菜与面条煮得极烂,主妇每煮之以娱老人),种种色色,指不胜屈。更有一种习俗,家庭中如有一人诞辰,必全家吃面,好像以此为庆贺,名之曰寿面,也蔚成为风气呢。其次则为馒头(又名包子),或甜或咸,或大或小,每多新制,层出不穷,这都属于面食,恐数百种未能尽述吧。欧化以来,面包上市,好新之士,趋之若鹜,热狗、三明治,又将视为珍味了。

至于北方,我所到的地区很少,除北京、天津以外,只有山东。山东虽然与江苏为邻省,但已为食麦的区域。不过在几个大府市间如济南、烟台、青岛等处,江浙人经商游幕来此的人很多,尽有精美的米粮,可以供给。我又要说到书本子上去了,记得儿童时代读《论语》,读到"子华使于齐,冉子为其母请粟"句,先生讲解说,粟就是米粮。又读到"邦有道谷,邦无道谷"句,先生启示我,这"谷"字是给做官人的俸给,古代没有银两、洋元、铜钱,就是给米

了。再读到宰我欲废三年之丧，孔子曰："食夫稻，衣夫锦，于汝安乎？"不必先生讲，我便知道所谓"稻"者，便是我们所吃饭的米了。幼稚的思想，以为孔夫子是山东人，孔子弟子也是山东人，大家都是吃米饭的，不知哪一个朝代，他们都吃起高脚大包子来了。

北京也是以面粉为主食，但也少不了南方的米粮。即从明清两代而言，都是从运河用数百条粮船，自南运北的，名之曰漕运，而且还设了漕运总督专司其事。直到海路既通，乃由河运改归海运。这里有一个小考据，北京的东交民巷，以前是使馆区域，大家所知道的，可是东交民巷，原来是东江米巷，以音同而名改。为什么叫"江米"呢？北方人对于南方所生产的米，称之为江米，因为在大江南北所产最多之故耳。于此可以见北方虽恃面食，也不能放弃米粮。总之我中国是个农业国，供求所需，丰歉相助，自有以调剂之的。

关于食事，我将浓缩而谈谈我个人与家庭近百年来的变迁情况。我自从脱离母乳以后，也和成人一般的吃粥吃饭了，直到如今，并无变迁之可言。但米谷亦有种种名质的不同。我在儿童时代所食的米，唤作黄米，黄米似与白米对待而言，作淡黄色，其实黄白原是一种，不过加工分类而已。因为我家祖代是米商，在苏州阊门外开一米行，太平天国之战烧了个精光大吉，不过我的祖母，还知道一些米的名称。当时我们日常所食的，名曰"廒心"，说是黄米中的高级者。要问黄米有什么佳处呢？也和苏州人的性质一样，柔和而容易消化，不似白米的有一种梗性（当时白米也没有现在好）。这不仅我家如此，凡苏城中上人家都是如此。只是工农力作的人，他们宁愿吃白米，以黄米不耐饥呀。

当时的米价，最高的也不到制钱三千文一石（当时用钱码所谓制钱，即外圆内方的铜钱，文人戏呼之为"孔方兄"，每一千文，约合后来流行的银币一元），数量亦以十进一，一石为十斗，一斗为十升，一升为十合。那时买米重容量，今则计轻重，也是一个变迁呢。我们有一家十馀年老主顾的米店，在黄鹂坊桥、吴趋坊巷，每次送米来，总是五斗之数，我笑说，这是陶渊明不肯折腰也。可是我家食指少，五斗米可吃两个月，足见当时的物价低廉了。除主食外，对于副食，我们经常购糯米一二升，磨之成粉（我家常有一小磨盘），可以制糕、制团、制种种家常食品，以之疗饥，

更足以增进家庭趣味。

再说苏州人吃黄米的风气，不到十九世纪之末，我大约十馀岁的时候也渐渐改变了，改吃了白米，始而觉得不惯，继而也渐同化了，因为别的地方都吃白米，何以你这里独异呢？后来我住居在上海，当然一直以白米为主食，生活程度虽逐渐提高，米价也涨得不多，每石还在银元三元五角左右。再到后来，大事不好了，兵祸农荒相率而来，不是"耕者有其田"，而是耕者弃其田了。于是无论大米呀，小麦呀，竟至嗷嗷待哺于邻邦。

我写至此，忽见《大公报》转载北京《光明日报》的纪事（时为一九七三年一月）载着说，"我国研究水稻良种，辐射育种取得成绩。据南方十五个省、市、自治区统计，推广面积在十万亩以上的水稻良种达九十多个。北方十三个省、市、自治区的水稻生产也很快"云云，可见北方现在也种水稻发达了。下一天，北京的新华通讯社又说"小麦是我国主要粮食作物之一，播种面积占粮食作物播种总面积五分之一。全国小麦去岁增产近一成，各地冬麦长势都较好，南方一些地区，扩大了种冬麦之面积"云云，那就是无论是大米与小麦，南方与北方，都统一起来了。以我中国农业的发展，岂仅国内丰盈，世界各国，或将仰仗于我国呢。

我又想到人生的进食，一日三餐，颇合养生之理，是谁定出这个规例来，竟成了刻板文章。所谓三餐者，晨餐、午餐、晚餐也。古人如此，今人也如此，中国如此，外国亦如此，一旦违背这个规例的，那就非病即祸了。在这百年近代史中，当然也无所更易。但有时为职业所关，人事所扰，而有所变动，也无足异。就我家乡苏州而言，各业中颇有一日两餐的，据云，一为水木工人（修造房子的，都为苏州香山镇人），一为船家（雇用于人的），其他我所未知的职工尚不少。他们大概废止早餐，出外就做工，或者沿途购取大饼、油条之类，塞住饥肠，到了午间十二点钟，正式吃饭，随后到晚上七点钟光景便是吃夜饭，吃过晚饭，便上床睡觉了。

我虽不曾加以调查，大概农人也是如此，古人的所谓"日出而作，日入而息"，原来是这样的。为什么早睡呢？那时电灯未兴，火油未来，照明取给于食油，岂能浪费。说来可笑，我也曾受了好几年的两餐

制，可是我的两餐制不同于工农家的两餐制。我在上海时报馆作报人的时候，也是废止朝食的（吾友蒋竹庄先生著有《废止朝食论》一书，乃是讲求卫生的）。为什么呢？每天在报馆里工作既毕，回到家里，已是天明了，一枕黑甜，直睡到了午餐时候。吃过饭后到四五点钟的时候，又去上工了。这一顿夜饭，我们是打游击战的，望平街的前后左右，尽是餐馆食肆，二三友侣，排日作东道。有时或遇宴饮，常至深夜呢。不过在严冬冲寒归家，我妻常以小炉（此种小炉，名曰"鸡鸣炉"）煮粥一瓯，佐以酱瓜咸蛋，则温暖如春了。所以有此一餐，我不敢说二餐制，至少亦是二餐半制了。

再说，在苏州城市人家，所云一日三餐者，大都以粥饭分配之。晨餐是吃粥的，从不吃饭，如不煮粥，则吃点心。说到点心，那是多了，有面条，有汤包，有馄饨，有烧卖，有一切糕饼之类，早晨的点心店，都已开了，请你随意入座，至于下一级的，则有大饼、油条、白粥、糍团等等，各有摊位，听凭取食。到了午餐，在上下午交接之间，这一餐，当时作为正餐，没有吃粥的。小菜场只在上午开市，下午是没有的；厨房里也只忙碌在早晨至中午，下午便清闲了。三餐之中，这一餐是吃得最饱的，因为有些人起身得很早的，虽然晨间吃粥吃点心，可是五脏殿已告空虚了。晚餐吴语则曰"吃夜饭"，那是有饭有粥的。中下人家，下午是不烧饭的，即以午饭所馀留之饭菜，加以蒸煮，一样的可以充饥。文人们以自己已发表的文章，再行发表，名之曰"炒冷饭"，即以此为喻。粥有两种，一为白米粥，腻若凝脂；一曰"泡饭粥"，有饭焦香味，我颇好之。

中国人对于一年四季的节日，颇为隆重，自古以来，见诸书本所记载的，亦复不少，常涉及各类食品。如每逢某一节日，应唻某一种食品。譬如说，春节新年吃年糕，端午吃粽子，中秋吃月饼，不是一直传统到现在吗？而且月饼还飞驰到海外，以慰我侨胞祖国之思，并为国际席上之珍吗？凡遇节日，中国各地的食品，也有所不同，惜我所到的地方很少，未能加以参考，只能就我故乡苏州当年的景物回忆一下了。

我用当时旧历元旦以至除夕，一年内每逢节日所享食品，述之如下，此为儿童时代的事，老年竟未能忘情。

元旦起身，向父母及长亲拜年以后，便吃汤圆。汤圆以粉制，小如桂圆核，煮以糖汤，苏人称之曰"圆子"，非仅是元旦，即年初三、立春日、元宵夜、亦吃圆子，大约以"圆"字口彩佳，有团圆之意。以下每晨每吃自制的点心，直至元宵为止，在此过程中，例不吃粥。但在年初五，俗称财神生日，则吃糕汤，又曰元宝汤，因年糕中有象形作元宝状者，切之煮糕汤，亦好彩也。年初七为"人日"，见之于《荆楚岁时记》，有"七人八谷"之说，却没有特别食品。到了元宵，则有一种油制食物，名曰"油堆"，也似广东人所谓"人有我有"者。所谓新年点心者，以吴人好甜食，大抵为甜品，如枣子糕、百果糕、玫瑰猪油糕种种。仅有两种是咸的，一为火腿粽子，一为春卷。吴人对于春卷，惟新春食之，不似他处的无论何时期，都可春卷也。

二月初二日（旧历，下仿此），吃一种节物，名曰"撑腰糕"，此是何种典故，我未考据。到了清明节，一年中第一次记得是祀先，有青团子、熄熟藕，作为祭馔。立夏节，吃酒酿，亦吃樱桃、青梅，清明日以一柳条穿一大饼挂檐下，晒在太阳中，到立夏日合家分而食之,谓可以免"蛀夏"(蛀夏,谓一个夏天的身体不舒服,本为苏州俗语,想想倒也有意思。或云,蛀当作疰,有此病名)。到了端午节,那便是粽子的世界了。粽子的味儿,有甜的,有咸的,有荤的,有素的。形式有圆的,有方的,有长的,有尖的。有一种白水粽,范烟桥曾以书来告诉我,谓以新制之玫瑰酱,蘸白水粽,可谓色、香、味三绝。我报以诗云:"可笑诗家与画家,珍羞也要笔生花。玫瑰酱蘸水粽白,雪岭似披一抹霞。"

玫瑰酱为家制之品,亦于此时当令,我家居吴门时,每年必制此,今以之蘸白水粽,我象征意似大雪山顶,飘拂我国红旗一面呢。

一直到夏天,便是古人所谓"瓜期"了,瓜的种类不一,而瓜的名目又繁多。交通既便利,非仅可以食本地的瓜,可以食全国的瓜,再进而食外国的瓜,以及全世界的瓜,这也只是近百年来的进展。并且以"瓜期"两字,也不合逻辑,严冬腊月,也可以吃西瓜了。瓜事不谈,我倒想起一件事,在我儿童的时候,一到了六月(旧历),苏州许多人家都是吃素的,尤其是太太们。在我家,祖母和母亲,到那时候,也

是吃素的，名目有多种，有观音素，有雷神素，从初一日起，连续到廿四、五日。父亲和我们几个小孩子是不吃素的。但有一年，约莫八九岁的时候，我也吃起素来。这是和我姊斗气，说我贪嘴，吃不来素，激起我的好胜心。始而祖母不许，说："小孩子吃什么素？"父亲笑说："他既夸口，就让他试试看。"于是我就从六月初一起，吃到廿四日算功德圆满了。我觉得吃素毫无所苦，何以许多人非肉食不可？但我到了成人以后，习惯成自然，也觉得"宁可居无竹，不可食无肉"了。

吃素人的宗旨有两种，一是为了戒杀，一是为了卫生。太太们的吃素完全为了戒杀，信奉佛教，慈善为怀。先生们的吃素，是利己主义，说是有益于卫生的。但男子中也有信佛而茹荤的，如狄楚青、李叔同等诸位。为卫生而吃素的，我所认识的如黄任之、丁福保，初创的还有李石曾。这班吃素先生们，自己解放，对于鸡蛋、牛奶，却都是吃的，但太太们对于鸡蛋、牛奶也一并谢绝之，名之曰净素。

夏日饮冰，古已有之，见于记载，但中国内地当时绝少藏冰之所。什么冷饮品，如汽水、啤酒、冰棒、雪糕之类，都没有到中国来。然亦有解暑之物，一为绿豆汤，加以冰糖、薄荷等，饮之亦觉齿颊清凉；一为莲子羹，采得新鲜莲蓬，剥取其子，亦觉清香可口。这些都是高级人士消暑食品，劳动阶级无此福份呢。

到了七月，没有什么关于特别应节的食物，不过在七月七日乞巧节，有一种巧果，是面制的，以祀牛郎织女，食之可能生巧。信不信由你。八月中秋的月饼，是大排场，一个常抱别离凄恋的织女，怎能与窃药奔月的嫦娥娘娘争胜呢？说起月饼，我们苏州的月饼有盛誉的，我在三十岁以前，只知吃苏州月饼。我们那里有一家茶食店，唤做稻香村，他们也是以月饼著名的，他们还创制一种名曰"宫饼"，圆如月轮，以枣泥松子为馅，是他们的专利品。每遇中秋，稻香村陈列"小摆设"（是一种雏型的器物，只有苏州地方有，兹不赘述），因为中秋月明之夜，妇孺辈往往出游，名曰"走月亮"，逛到观前街，稻香村以此娱宾呢。广东月饼，苏州没有见过，并非排外性质，实因交通不便。要到辛亥革命以后，才有人到苏州开办了一家广东食品店，广东月饼始见于市。其时在上海，广月与苏月，已分庭抗礼了。

九月间,只有九月九日的重阳糕,也是应节的食品。读"刘郎不敢题糕字"句,令人发思古之幽情。家庭中未闻有制此者,食肆中却有之,糕上插一纸制小旗,说是宋朝典故,苏地真是文史之邦也。十月无应节食品。十一月的冬至节,颇为隆重,语云:"冬至大于年。"因为中国是传统的重农之国,到了冬至,一年的秋收已毕,大家应得欢庆吃一餐饭。所以在冬至节的前夜,名曰"冬至夜",合家团聚,吃冬至夜饭。这时候的天气,已可以吃暖锅了,鱼肉虾菜,集成一炉。在冬至那一节上,有一种特制的酒,名曰"冬酿酒",甜酒也,儿童辈争饮之。点心则有自制的冬至团,但此亦上中级人家才有此享受,贫穷人家无此排场,有两句俗语道:"有的冬至夜,无的冻一夜。"可以道出炎凉的态度。到了近时,有些人欧化,以其与耶稣诞相近,人称为"外国冬至"。群趋于外国冬至,而中国冬至渐废,吃圣诞大餐,送圣诞礼物,中国老百姓并不信奉景教的,乃亦趋之若鹜了。

冬至一过,就是年夜了,那是一年结束的大日子,《诗》云:"我有储蓄,亦以御冬。"人民终岁劳动,到此享用一番,此亦事理之常。所以无论大小人家,到了年尽岁阑，都要作果腹之计了。从十二月初八日吃了"腊八粥"以后，各个家庭就忙起来了。先说是年糕，有些大户人家，请了糕饼司务，到家里来做的，要做出许多元宝型式。有大元宝、小元宝，有黄糖制成的金元宝，有白糖制成的银元宝。至于糕团店置办好的年糕，饰以彩色金花，以引顾客。那时宁波年糕，尚未排闼入吴门呢。每到十二月中旬，家家都要腌菜，大概每菜一担（一百斤）腌置在"牛腿缸"，我家从前每年要两缸，一缸是青菜，一缸是雪里蕻（此菜，人每写成雪里红，腌过的运到别处，便称之为咸菜，用途甚广）。这些盐渍菜，一直要吃到明年的二月里。

几代同堂的家常餐

以后有两种祭仪，一为祭灶（又称送灶），一为祀神（又称谢年）。送灶这一天，苏州人家有一种特别的食物，以饧糖制成元宝形，名之曰"糖元宝"，以之祀灶神，并涂其口，使之上奏天庭在玉皇大帝面前，说些好话呢。这是由迷信而又涉于戏弄了。送灶是个小节目，谢年、祀神，却是个大节目了。送灶在廿三、

廿四，有一定日子，谢年虽无一定，但也在十二月二十日以后至于除夕。谢年的意思就是谢诸神一年保佑。那时红烛高烧、香烟缭绕之外，还有小三牲。小三牲是什么？猪肉一大块（有的人家用猪头一个），雄鸡一只（有的两只，雌雄各一），大鱼一条（大青鱼可有十来斤重的）。这三牲祀神以后，重加烹煮以供新年所需了。其他还有水果、干果、蔬菜、仙菜、仙酒等等，陈列满桌，这个谢年的风俗，虽各处不同，但恐怕全国都一样的吧。

最后便是大除夕吃年夜饭了，那是家庭间的合家欢，食物虽各处不同，而情谊则一。为什么每逢节日，必有种种食品点缀其间？我想人生在世，不能像填鸭那样的塞满肚子算数，于是遇到了节日，想出些花样来，以遂其口欲罢了。

我在这百年来变迁中提出家常餐与筵席餐两类，是人生食事的两个大问题。讲起来也是冗长而琐屑，我只好无系统地简约地谈一谈。

说起家常餐，便是人生所不可缺的一日三餐了。一家如此，家家如此，全国如此，全世界如此，我将于何处着笔？我就从我家乡说起，且从我家庭说起。

虽说家常餐，也大分阶级制度，阶级密密层层，我姑分为上、中、下三级。上级是上级人家，吃得精美是不必说了，还有一种以大家庭夸示于人的，如张公艺九世同居，史籍传为"美德"。我有一家亲戚就是个大家族，自祖及孙，共有十馀房，同居一大宅。家中厨子开饭，便要开十馀桌，两位西席师爷开两桌，账房先生十馀人开两桌，老管家、门公，其他佣仆等，也要另开，每餐恐要二十桌呢。那些娇贵的少奶、小姐们，吃不惯大镬的饭，大锅的菜，她们另有小厨房，诸位读了《红楼梦》，便可以见到此种排场呀。还有虽非大家庭而个人考究食品的，如谭延闿兄弟们的家厨，显示其鱼翅的精美，时常请客，虽说是"家常便饭"，也可以称之为上级了。

家常餐的菜与汤

中级最普通人家，无男厨子，亦有女佣精于烹调的，文言中往往称为厨娘，这些厨娘，并不弱于男厨，雇用一人，合家赞赏，此一例也。主妇守中馈，古有明训，《唐诗三百首》中，有《新娘娘》一诗云："三

日入厨下，洗手作羹汤。未谙姑食性，先遣小姑尝。"王建此诗虽别有寓意，但唐朝新妇三朝作羹，已有此礼俗。直到清代末期，婚礼中还有新娘子三朝要入厨一个节目。所以虽小康之家，主妇入厨者多，江浙两省为尤甚，此亦一例也。西风东渐，许多欧化的先生们，强调妇女出厨房，而妇女也不愿意困守家庭，或者夫妇们各有职业，朝出暮归，此种情形，古已有之，于今为烈，《易》云："不食家、吉。"这个家常饭，变成自由餐，这又是一例也。所以自古以来，日食三餐之制，渐将变迁，也未可知。

我把传统的家食情形说一说，这也是大家本来所知道的。书本上往往酒食并称，家常饭是没有酒的，不比筵席餐总是酒以合欢。但也偶或有之，有些家长老先生们，每日要过醉乡生活，便不能不备有一壶酒，大概也在夜饭时行之。"晚来天欲雪，能饮一杯无？"就是此种境界，至于晨餐、午餐，却是少见的。餐时有一定坐位，长者居上座，少者处下座，家家如此，不必说了。从前家中吃饭从不用圆桌，亦不似西方人的用长桌，总是用方桌，江南人称之为"八仙桌"，坐满一桌，适符八人，八口之家，最为适宜。

讲到家常餐饭菜的分量吧，大概一桌有八人的，约须五六样菜；一桌有六人的，约须四五样菜；一桌有四人的，亦须三四样菜。但每菜必有汤，譬如六样菜肴，就是五菜一汤，以此类推，三样菜肴，亦是两菜一汤。我好饮汤，我对于餐事中的饮汤，却有些研究。在我们家常餐中，几乎无有一物不可煮汤，鸡、鸭、鱼、虾，以及各种肉类，水产类，蔬菜类，应有尽有。这恐与物产的丰盈有关，江南本属水乡，而且在太湖流域，鱼类即多，洗手作羹，他乡恐无此鲜味呢。

共食制与分食制何者为佳

西餐中第一道就是汤，然后继之以鱼类、肉类等等，这与我们筵席餐恰相反，我们宴客往往到了最后方进以汤，因此西菜与中菜，遂有先汤与后汤之别。西餐中没有什么好汤，从前广东、宁波人在上海所开的西餐馆，也是每餐先之以一汤的。那种汤真是不堪领教，什么鸡丝鲍鱼汤、青豆芦笋汤等，都是罐头食物把白开水一冲，或者加一些"味之素"，就算是一道

菜了。中国菜是有好汤的，驰誉于记载的，有林琴南先生家的汤爆肚，于右任先生所称赞的石家饭店鲃肺汤，不也传诵一时吗？其实好汤尚多，只是隐没不彰，佳肴不必出于名厨之手，家庭间也正有绝妙的风味啊。

我还要讲到对于餐事的两种制度，一种是共食制，一种是分食制。在我们中国传统下来，无论是家常餐、筵席餐，都是共食制的。不管是方桌子、圆桌子、长桌子（有时用两张方桌子并成一席），罗列了许多菜肴，大家围而食之的。但是在外国，不论哪一国，都是用分食制的。无论是家常餐、筵席餐也都是如此。究竟共食制对呢？还是分食制对呢？各人也所见不同。习惯于共食制的人说道："人类对于饮食也是要合群的，互助的，一桌子的人，有的吃得多，有的吃得少；有的喜欢咸，有的喜欢淡；当然要各取所需，方为适意。不能如分食制一般，各持一器，好似实行配给制度，不能多食，不宜少食，令人减少兴味。"可是主张于分食制的人却是不赞成，他们说："共食制不卫生，无礼仪。譬如喝汤，许多汤匙群集在碗里，争先送到了口中，再从口中回到了碗里，唾涎都到了汤里去了，多么不卫生。有些与他同席的人，狼吞虎咽，如风卷残云，多么的无礼仪。要是用了分食制，便可以人不犯我，我不犯人了。"

但是精于饮食的老饕们又说："凡是名贵的肴馔，必须有精明的厨子为之烹调。他们讲究什么锅气，新出锅的佳肴，登诸席上，色、香、味三者俱备，食客欢呼，方有兴味。谁似分食制的器小难容，食之无味呢！"驳他的人说道："你这些话，只是为穷奢极欲的大阔佬说法耳。谁都能如此的？人生所以为饮食者，一来为了营养，二来为了力作，就现在以及未来，趋势必属于分食制，因为工、农、兵三者，将来就不能免于分食制呢。"① 究竟是共食制对呢？分食制对呢？这也要归属于民众测验了。

两块银元一桌苏州筵

再说到我自己的家庭的家常餐了，那是不堪一述的。自父亲故世以后，由中级而跌至下级了。家中仅有祖母、母亲和我三人，也谈不到什么菜，什么汤。

---

① 原文右引号标注于句尾。——编者注

及至我到了人家教书，她们只有婆媳两人，而且一个月里，倒有半个多月吃素，只要有一样菜，便可以度一日了。我记得有一种菜，名曰"炖酱"，用甜面酱加以菜心、青豆、冬笋、豆腐干等，那是素的，若要荤的，可加以虾米、肉粒等等，每天烧饭，可在饭镬上一炖，这样菜可以吃一星期。再说，我们苏州的蔬菜最多，价廉而物美，指不胜屈。我只说两种野生植物，一名荠菜，一名金花菜，乡村田野之间，到处都是，即城市间凡遇空旷之地，亦蔓延丛生。荠菜早见于《诗经》，有句云："谁为荼苦？其甘如荠。"金花菜，植物学上唤做苜蓿，别处地方，又唤做草头。乡村人家小儿女，携一竹篮，在田陌间可以挑取一满篮而归，售诸城市，每扎仅制钱二文。金花菜鲜嫩可口，且富营养，我颇喜之，而那些贵族人家则鄙之为贱物，说这是张骞使西域，以之饲大宛马者，实是马料耳（见《汉书》）。总之穷人家的常餐，以蔬菜为多，如青菜豆腐羹，他们祟其名曰"青龙白虎汤"，颇可笑也。

关于筵席的问题，其变迁之过程，可说是简单，也可以说是复杂。就简单而言，便是一味地增高价值。在十九世纪之末，有一二银元的菜，便可以肆筵设席的请客了。即以我苏州而言,有两元一席的菜,有八个碟子(冷盆干果)、四小碗(两汤两炒)、五大碗(大鱼大肉,全鸡全鸭),还有一道点心。这种菜,名之曰"吃全",凡是婚庆人家都用它,筵开十馀桌,乃是绅富宅第的大场面了。最高的筵席,名曰"十六围席",何以称之为"十六围席"呢?有十六个碟子(有水果、干果、冷盆等,都是高装)、八小碗(其所以称为特色者,小碗中有燕窝、鸽蛋,时人亦称之为燕窝席),也是五大碗,鸡鸭鱼肉变不出什么花样,点心是两道,花样甚多,苏州厨子优为之。这一席菜要四元。那种算是超级的菜,在婚礼中,惟有新娘第一天到夫家(名曰"待贵"),新婚第一天到岳家(名曰"回门")始用之。

船　菜

苏州还有一种特级的筵席餐,名曰"船菜"。船菜是在船上吃的,画舫笙歌,群花围绕,这种菜,不贵多而贵精。可是一席菜,却分了三个时候吃,正符合了一日三餐之制。主宾们初到船上时,饷以点心,午餐饷以全餐的一小部分，晚餐饷以全餐的一大部分，名菜有蜜炙火方、五香乳鸽等等，总之是清丽的文章，不是浓重的论调也。其价值如何呢？可以答之曰，没有明价。原来坐一天船，吃一席菜，以及各种犒赏、花费等，都包括在内，全凭老爷赏赐，吝者至少亦给八十元，豪者可给百馀元，他们不加分析，亦可以说"此时无价胜有价"呢。

到上海，那就不同凡响了，除上海本地菜以外，各地的菜都来了。最先是北京菜，江苏、浙江、安徽，对于上海较近的，如扬州、无锡、宁波、杭州、徽州等处的菜馆，陆续开设。广东菜亦有来的，但与江南人的口味各有不同，只张帜于虹口一带。辛亥革命时期，名流遗老，遁迹于上海租界甚多，于是闽、川两省的菜，亦来争胜，如闽之"小有天"，川之"都益处"，均名盛一时。那时物价渐高，菜亦精著，七八友朋，聚餐一桌（点菜制），价亦不超出十元以外。可是上海乃是租界，西餐总是恃势来侵占，凡是初到上海的人，亲友们老是请吃"大菜"（当时称西餐为"大菜"，而自己家常所吃的饭菜，则称之为"小菜"，如菜市场则称之为"小菜场"等，不知何意），不过西餐亦不贵,那是分食制,有四五道菜,价不过一元左右而已。

那时的筵席餐,也没有什么山珍海错,我在辛亥以前,从未曾吃过什么鱼翅席,在南京,当时以海参、鲍鱼为奇货可居了。谚云"食在广州",今将移其地曰"食在香港",初来时,百元一席,已觉其可贵,及我写此稿时(一九七三年二月),已有高贵至三千五百元一席的,称之为满汉筵席,满清亡矣,尚遗留此奢侈的宫庭膳食,以增后世的优越感,可胜慨叹。南粤的屠狗吞蛇,向为地方食客所不习,今一观所谓满汉席的菜单"灵芝炖仙鹤"(焚琴煮鹤,真有此事)、"生烤人熊掌"(将来恐怕要吃到熊猫了)、"烧乳猪全体"(形同乳儿)、"红烧群翅王"(不脱帝王制度),这难道也是中国饮食文化的进步吗?

食物奇名考

我于衣、食、住、行四者之中,先拈一"食"字拉拉杂杂已写了不少。实在是微之又微,毕我所生也写不完的。加以时代的进展,人事的变迁,科学的发

达，技术的精研，百年来已如此，往后的未来世界，更是不可思议了。再说，饮食两字是并行的，古人所说"饥者易为食，渴者易为饮"，也是自然之理。我上面说了许多"食"，而没有说到"饮"，饮之道亦多矣，除饮水之外，我中国最大部分是饮酒、饮茶。试思我中国自古以来，酒类有多少呢？茶类有多少呢？即使杜康再世，陆羽复生，也不能屈指数，而况这百年来的进展，什么酒会呀，茶会呀，先以个人的嗜好，甚而至于为外交的礼节，亦可谓盛极一时了。

饮品中以酒与茶为大宗外，其他如汤，有鱼汤、肉汤、各种各类的汤；如汁，有橙汁、藕汁、各种各类的汁。至于调味品中有油、有醋、有露等等，虽间接入口，亦不能不目之为流质。更不能忘了中国的药品，中国的治疾，以汤药著称，什么二陈汤，四君子汤，我不知医，不能妄言，但是最近以来，这些汤药，亦都改成为丸、散、膏、丹，此亦可谓一大变迁，总之省时省力，期于速效，也是进化所应有的事吧？

再说到冷饮品，这也是百年以来新发明的事啊。读古人书，只说到"冬日则饮汤，夏日则饮水"（见《礼记》），那些劳苦群众在城市间，奔走喘汗，连水也喝不到。于是好善之士，有在他的大门口设一茶缸，以解其渴，名之曰"施茶"。上中级人家，则惟有仰仗于西瓜，故中国无论何处，都加以种植。到了大热天，还嫌西瓜不足以解暑，则贮以竹篮，投诸井中，越两小时，剖而食之，凉沁心脾也。至于冰桃雪藕之类，不过为词章家点缀的名词而已。既而舶来的种种冷饮品来了，好之者嗜之如甘露，嫉之者目之为盗泉，真如洪水之泛滥乎中国。但我国宝藏的矿泉也崛然以兴了。

我关于人生饮食的事，杂乱无章的已经写了不少。偶然想到，食物的名类，也可以写一写，但这却太繁重了。曾记得我从前有一纸《食物奇名考》，夹在旧书中，今附录如下。

《食物奇名考》：

光饼 我在儿童时代，曾有一种小饼，不过似铜钱大，中有一孔，穿之以线，贯上数十枚小饼，系于臂上，随意食之，名曰"光饼"。据云，此是明朝戚继光征倭，军士长征时，作为干粮，最为简便，故名"光饼"。

东坡肉 苏东坡在黄州时，曾有一首吃肉诗，后

人附会，遂有"东坡肉"。数代传来，究竟如何制法，亦无明示。但我在苏州菜馆，曾吃过东坡肉，乃烧得浓油红熟的四大块红烧肉（某君嘲某诗人仿王渔洋《桐花词》云："诗似东坡，人似东坡肉。"可见这是大块肥肉了）。

油炸桧 这个原名为"油条"，全中国到处有之，但名则各异。杭州人呼之为"油炸桧"，这个"桧"字，是秦桧的大名，为了十二金牌召岳飞，杭州人恨如切齿，故欲炸而食之了。

西施舌 仅见记载，未尝其味，产海边沙中，状似蛤蜊而长，壳白。食之者云，肉鲜美可口。

眉公饼 亦曾见记载，未知作何型。眉公不知是否陈眉公？

太史饼 小圆饼，有糖馅，以十个为一包，颇能点饥。太史何人，无从考究。

状元糕 原名"火炙糕"，印一状元像在其上，粉制品。苏州科举最盛，太史饼、状元糕，扶床学步的儿童，即有此印象了。

童子鸡 此言雏鸡，慈善家有"可怜离母未多时"之句。

老婆饼 广东有此饼名,未尝过。

蟹壳黄 烧饼的一种,中有葱油馅,中产阶层的食品。

老虎脚爪 此为儿童的食品,我在儿童时代颇嗜之,面制品,渗以糖,以象形得此名,现已绝迹了。

猫耳朵 北京、苏州,都有此品物,煮以鲜味的汤,亦馄饨、水饺的变相而已。

老鼠斑 海产鱼名,香港专以海鲜供食客的,举此品名。

热狗 即红肠面包,西方食物。

策其马 亦西方食物,有各种译音,而以此三字为最现成,因《论语》上的成句也。

牛踏匾 是一种阔大的蚕豆。种豆的题此名。

水母 即海蜇。

海瓜子 细小的蛤类,形似西瓜子。

江瑶柱 原名江瑶,属于蚌类,产海沙中,其肉不可食,而生有两柱,则甚鲜美。

云吞 即馄饨,在别处尚有其他名称。

松花 即皮蛋,因北京所制的皮蛋,蛋白照出有此花纹,故有此佳名。

卧果儿 即南方的"水铺鸡蛋",这"卧果儿"三字,不知何解。

溜黄菜 即是炒蛋。因为北方忌说"蛋"字,说到蛋字,都是骂人之词,如昏蛋、混蛋、王八蛋之类。此风想今已改革了。

春不老 此亦盐渍物,冬末春初,以青菜心佐以嫩萝卜,用精盐渍之,加以橘红香料,其味鲜美,宜于吃粥,名曰"春不老",亦大有诗意呢。

此种食物奇妙的名词甚多,偶尔想起几个,作为谈助,有的尚流传人口,有的已不复齿及。有新食品,亦即有新食谱,好事者就为它别署一名,好像作家的有奇奇怪怪的笔名也。

关于食事的前途,正变化不测,语云:"穷则变,变则通。"随时势的潮流,增思想的复杂。但万变不离其宗,有句俗语说得好:"人是总要吃饭的。"人类无尽,食类也无尽,不过以后的变化如何,恐预言家亦难穷其究竟。黄檗禅师语云:"老僧到此休饶舌,后事还须问后人。"我也觉说得腻了,且在此作一结束。

衣之部

古代衣冠

我今要谈到"衣"的一个字了。人的生活,衣食为先,但大自然创造人类,对于食的一方面,生出以来,即为你安排了母乳,随后便有植物、动物等,供你享受,而对于衣的一方面,却不曾给你安排,让你赤裸裸的闯进世界来。看古史上写的,中外却是一例。在外国人说来,亚当与夏娃两人,不是赤体相对吗?在中国人说来,垂衣裳而天下治的黄帝,在先也是裸体的。到底人类是高等动物,不可与鸟兽同群,所以要自想办法,自力更生了。于是最初是以树叶蔽身,渐进而以兽皮护体,一代一代的进化,乃至于有了人类的衣服制。

衣服对于人生,有两大意义,一曰御寒,一曰章身。我先说御寒。我们在这个地球上,有寒暖不均的时候,我们最老辈的文人,分之为春、夏、秋、冬。

人类的身体，于夏天无所谓的，赤膊变赤膊，裸体就裸体，可是到了冬天就吃不消了。人类不比鸟兽，鸟兽有它的羽毛，可以作为它的随身衣服，亦作御寒，人类可是光身，大自然没有给我们安排呀，所以我们的老祖宗要自己想办法了。再说到章身，也是自然而然的事。人类自流行衣服以后，也自然有精粗美恶的不同，于是精益求精，美更思美，由他们的思想、观察、体验、比较而逐渐变动，逐渐进化了。这期间，最大分歧的是男女两性，人类都有爱美的天性，而女性为尤甚，因此自古以来，直至于今，男子日趋于庄严，而女子每喜于艳丽呢。

于是我就想到古人的衣冠了，外国人的古代衣冠，我没法去研究它，我也不必去研究它。至于中国的古代衣冠，从三代以前，到三代以后，一代一代的传下来，以至于现代，关于历史的传统，国家的制度，社会的风气，阶级的分层，恐怕一时间也未能搞得罗罗清楚吧。虽也有书本上的记载，图画上的摹绘，而最证实的是近时新出土的古代陵墓遗骸，有不可思议的服装，只不过也仅是残鳞片羽而已。

所以在现今的民俗中，我们能见到古代衣冠的，只有三类,一为绘画,二为雕塑,三为戏剧。我先说绘画。如果是古画,不必说了,古代的画,绘古代衣冠人物,那是理所当然,可是到了后世,衣服的体制,大改其式样,即如清代,所谓"上国衣冠,陷于夷狄"者,还拖了一条辫子,剃了半边额发,使人民既羞且愤,而我们的画家绘人物画的,终不改其古代衣冠,几曾见一幅册页,一个扇面,画了个长衫马褂的人呢?其次说雕塑,雕塑多出塑工之手,未必考证精确,当然有时也是要对古本,不过古代的雕塑甚少,而近代的雕塑,则相当穿近代的衣服。惟有一种庙宇中的神像,虽然其躯体是泥塑木雕而亦被以锦袍玉带,那也居然是古代衣冠呢。再说到戏剧,无论是昆剧、京剧、地方剧,所扮演的王侯将相、才子佳人,也都是穿的古装。虽然这些古装,也都是由戏剧家不加参考自我臆造,而观众却已承认这是古代衣冠了。

满洲人入关之易服色

可是人类的衣服,哪有不变之理,历代相传,已数千年了,有大变,有小变,甚而一代之中,也有数

变的。衣服之关于种族，乃大有问题的。自唐宋以来，次至于元，冠服即一变，然此尚可称为小变。至明朝倾覆，满洲入关，我中国衣服制度，可称是一大变。因衣服而侵袭到人民的身体发肤，拖一条辫子，剃半边头发，这个奇形怪状，真恶劣极了。不过当时在改易服色的时候，也是有变有不变的。在有变有不变中，幸而有一条是"男变女不变"，大概他们以为女子不读书、不考试、不做官、不授职，一听其随随便便而已。在我猜想起来，当有两个原因，一则当时定制，满汉不通婚的，他们征服了汉族，也歧视了汉族，所以汉族妇女的服饰，一定要与满族妇女的服饰有别；二则汉族妇女是缠足的，满族妇女不缠足，汉族妇女是两节穿衣，满族妇女是长袍短褂，要使汉满妇女同化，他们也认为不合适的。

有人问，既然是男变女不变，有清一代的汉族妇女，也未见得继续传统，穿了明朝的衣服呢。这个理由很简单，那是妇女们顺乎自然之理，自己在变迁呀。据书本上的记载，凭父老们的传说，在明末清初之间，顺治、康熙的时候，实在没有大变的，到后来汉人在满朝做大官的愈多，于是太太们也有官服，披风红裙

（未嫁者不能穿披风），朝珠补服，与其丈夫看齐。但是有一样，到了死了以后，挂出来的遗容，还是凤冠霞珮，玉带绣袍，作古代贵妇女妆服呢。

凡是一个朝代在开国之初，总有"易服色"一个仪制，以别于前朝。不过像满清那样实在改得太离奇了。我现在所要谈的，是百年来关于衣服的变迁，不是讨论满清一朝的衣服制度。但因为去今非遥，不能不连类及之。总之，满洲人入关，把我人民从头到尾，都要改过。譬如说帽子罢，官帽有两种，冬天戴暖帽，夏天戴凉帽，此就大别言之耳，细考起来，有阶级的不同，尊卑的互异。我在儿童时候，听得几位老先生讲，这种官帽概称之红缨帽。从前一个商人，像北方所称的掌柜，南方所称的店东，也要一天到晚，戴了红缨帽，坐在店堂里，迎候贵客，使现在青年闻之，岂不可笑？便帽，即所谓瓜皮帽，无论何人，都可以戴的，有方顶，有尖顶，有硬胎，有软胎，最初时期，后面还有一大绺红须，贵族人家子弟往往有之，在我儿童时节已不复见。不过小帽上缀一珠玉宝石，则仍盛，南方以儿童为多，北方则成人亦多喜此，名之曰"帽盔"。我所亲见的，如老伶人孙菊仙，贵公子袁寒云，有人谓

李鸿章小帽上亦缀一披霞红宝石，我未之见。

唐三藏的白马与清代服色

有一位好作无稽之谈的朋友，他是研究《西游记》的，一似近日许多学者的研究《红楼梦》，他说，唐僧取经以后，各徒弟都成了佛，到了元朝，中原沸乱，玉帝要派齐天大圣孙行者，到下界去治理一番，孙悟空已看破这个五浊恶世，不肯去，倒是猪八戒其欲逐逐，那便派他去了。那就是明朝的朱太祖，猪八戒姓朱，朱元璋也姓朱，但是姓朱的搞不好，又得要换人了。唐僧门下徒弟，谁也不愿意去，忽然唐三藏到西方取经所骑的这匹白马，勇往直前地说，愿意到下界走一遭。那便是爱新觉罗氏占据了中国，所以他们的衣服形色，都带一点马的状态。试看一条辫子，从头顶拖到了臀后，这不是象征马尾吗？一串朝珠，套在颈项，很像马铃，胸前背后，都有补服，这颇似马背所围的鞍衣；人有腰带，马亦有肚带，最彰明较著的，一双袖袍，竟直称之为马蹄袖，岂非显而易见吗？这虽说得荒谬可笑，然也亏他附会成词呢。

衣之部

这些拉杂琐屑的话且不谈,我现在要讲到我们衣服百年变迁的事了。我姑且分为两部分,一为男子部,一为女子部。

在男子部中,我将分为官服与民服。除了皇家宫闱的衣服装饰不谈,因为那是非官非民,我也不详悉。至于那些官中的衣服,在前清时代,真也可以算得千奇百怪。第一要讲品级,从头上说起,先是一顶珠,从一品至九品,什么红顶珠、蓝顶珠、水晶、白石、金、铜等,重重的阶层要分清楚;他们的身份证,也要标明头品顶戴、二品顶戴等等,以示隆重。官高的脑后还要插一支孔雀翎,又有蓝翎、花翎之分,花翎有眼,最高级的王公大臣,更要戴着双眼或三眼花翎,这些都要皇帝特赏的。我在幼年时代,常常想起,为什么人的头上,总喜欢把鸟类的羽毛做装饰品呢?看到了京戏里的武小生,耍弄他的长长的雉尾,每想古人真是这样装束的吗?后来在电影里,看到外国人也有把羽毛装在帽子上的,又想到这是上古狩猎时代的遗风流传下来的吧?

再说到官帽,上文已说过,冬天戴暖帽,夏天戴凉帽,这个交替的日期,名之曰"换季"。那是由中

央政府规定了日子，全国是一律奉行的。可是那个暖帽也就费事了，在初冬戴的是呢帽，一到了冬至以后，天气严寒，就要换戴皮帽了。北京气候冷得早，那些大小各衙门的官老爷，都要改戴皮帽子，幸而北方的皮货，较南方廉宜得多，那些小京官，穷翰林，各置一冠，也不至于太寒伧。可是皮帽也要分阶级，最名贵的是一种貂帽，据说要四品以上方许戴貂帽，不然便指摘（责）你僭越了。凉帽有两种，都是作喇叭形，以丝织品为之，上有红纬，亦为丝质，时人称之为纬帽。另一种是藤织品，上面的红缨似的羽状，垂于帽檐后，时人即直称之曰凉帽。其体制我不甚了了，大概文官都戴纬帽，武职则戴凉帽吧？

清代官服

在官服上要挂一串朝珠，那是历代所没有的，既名朝珠，料想必是对皇帝朝见时需此物了。有考古者说，从前朝见用笏（俗名朝版，以象牙为之），今用朝珠所以代笏也，此语也未见证实。就我看来，现在道士拜神，则用朝版，和尚礼佛，则用念珠，满洲人亦佞于佛，或者趋近于佛而有此发明（因佛珠一百零八粒，朝珠亦一百零八粒）。挂朝珠亦有阶级，有一故事所述，清代有一官职名曰鸿胪寺鸣赞，他的职司，就是在皇帝有什么祭礼大典作赞礼的，只是一个从九品官儿，照例不挂珠的。不记得哪一个皇帝，见这个官后，问他的近臣道："他为什么不挂珠？"只这一句话，此后这个官就挂珠了。此外如内阁中书这个官儿，品级虽小，也可以挂珠的。

在官服上最重要的那是一件外褂（俗称外套），外褂上胸前背后缀着两方块绣品，名曰补服（俗呼补子）。这样藉以表明其人的品级了。文官在补服正中绣一鸟，武官在补服正中绣一兽，从一品以至九品，鸟类、兽类，顺序标明各不同（我从前列有一表，都能说出，现已忘了），所以使人一望而知道此人是文官，是武官，是几品官，不必询问了。近来我看到有些青年画家，或在小说的插图中，或在其他画图中画的在马褂上装上补子，那是不对的，这补服只是在外褂上始许有的。

综计一身官服，必不可少的有三件长衣。第一件，就是穿在最外面的那个外褂，颜色一例是黑的。第二

件，穿在外褂里面的，下身开跨，名曰"箭衣"，因满族每一高级人士，都要习娴弓马，这一件长衣，原是为骑马射箭所需，而两只马蹄袖，便是装在这箭衣上的。腰间束一条带，或以白玉宝石为扣，所有系在身上之物，如荷包、佩玉、扇袋、表袋等等，都悬在那个带上。外褂虽规定黑色，而箭衣则不拘一色，各种颜色均可，惟大都以深色为宜，如宝蓝、紫酱之类，于老成硕望者最相宜。若遇有庆贺大典，则必改穿蟒袍了（蟒袍一名蟒箭）。第三件，在箭衣之内，还须穿一长衫，这个名为衬衫，亦丝织物，颜色都取浅淡，湖青、樱白为宜。除了这三件长衣为官服之外，以下便说到脚上的靴子，靴为缎制，凡穿官服必着靴。但清代的靴，有异于前代，前代的靴都是方头，而清代却是尖头，不知何义。

官服一方面，我虽讲得甚简约，但我已说得腻了。况且自辛亥革命以后，什么翎顶珠补，都成废物，举清代的冠服，都一一摧毁之了。我现在要讲到百年以来的民服。

衣之部

工农服饰

自从清朝成立之后,最使人痛恨切齿的,是强迫着头上留一条耻辱的辫子。至于衣服上,你不做官作吏,却没有什么大改变。我从父老们传述,书本上研究,图画中观察,可以证明其事实。中国一向是个封建制度的国家,人民也就各有其阶级,衣服也就其阶级而分类。在民服中,我看到农、工两阶级的衣服最为显著,他们自古迄今,没有什么大变迁的,独立的、自由的不受强暴侵略的。

先从农民说起,农民是平常不戴帽子的,不过到了冬天农事休闲的时候,或遇到天气严寒,戴上一顶毡帽。这毡帽有两种,一是帽檐向上作一深沟,乡下人什么小东西都安放在这深沟里,如一枝香烟、一匣火柴之类;另一种毡帽则是并无帽檐,形似一个圆顶和尚帽。但这也惟有年老农民如此,青壮年的农民是不需要的。但有两个时候,一个时候是古人诗句中的"雨后有人耕绿野",当此春雨绵绵,正在插种插秧的时期,那就非要蓑衣箬帽不可了。又一个时候是在夏天,恰当农忙时期,而赤日炎炎,晒得你头昏脑胀,

这也非有一个竹笠或是草帽,遮护这个头顶不可了。

至于说到农民的衣服呢,原是沾体涂足的身份,破烂一些是不足为怪的。不过农民也有贫农、富农之分,富农自然穿得光鲜一点,可是到了下田的当儿,泥里水里,草里粪里,哪里会搞得好。夏天不客气便是赤膊了,不管老太阳晒得背心焦红有如烧猪一般,他们还是辛勤力作的。身上总共只有短裤一条,到夕阳下山,晚风微拂时,脱去短裤,纵身向水塘一跃,不讲游泳术,也正是他们的卫生方法也。

秋收已毕,天气也渐渐冷了,他们的老棉袄也就上身了。乡下人是不像城里人的娇贵,一到冬天,就要穿起皮衣服来,他一件棉袄,就可以穿几十年,并可以传给子孙。他们还有一个好办法,早晨起来,真是严寒,可以到稻场上去晒太阳,这个名称,叫做"穿黄棉袄",见之于某古人笔记。乡下人不穿丝织物的衣服,是可以想得到的,毛织物更是闻所未闻,即是布衣服,也是穿的土布。土布是我们中国当时在木机上自织的布。我记得我在儿童时节,布衣服还是习用土布的,自从洋布入口以后便夺了土布之席了。因为土布粗而厚,洋布细而薄,土布总不及洋布的漂亮。

城里人争购洋布,乡下人却仍守故常,穿土布的。至于下半个身子,虽在冬天,也只穿了一条布单裤,不过短裤改为长裤罢了。

农村妇女的服装

赤脚是农民的本色。他们无需什么鞋袜的。他们也自称为"赤脚人",对于地主,他们常说,我们赤脚人如何如何,所以赤脚人就是乡下农民的代表名词。直到中国解放以后,有一班赤脚医生的名号,不是真个要赤脚,赤脚医生就是在农村工作的医生的代名词而已。农民真是长年赤脚多劳动工作的吗?也不是的。和他们最亲近的有两种,一曰草鞋,一曰蒲鞋。草鞋是最普及的,不但是农民,许多劳动工作的人,也都有穿草鞋的,甚而至于军人。不过农民的穿草鞋,更是家常的事。其次说到蒲鞋,既称蒲鞋,当然以蒲制成,有梁有帮,在鞋的型式上进一步了,乡村农妇,亦都有穿此的。有一种芦花蒲鞋,鞋口上蓬蓬松松,一片白色,到了冬天,老年人以此取暖。

农村妇女的衣服是怎么样呢?江浙两省的乡村妇

女，全数是不缠足的，所以她们和男人一样赤脚下田，视为常事。到了夏天，男人裸上身，女人到底不好裸体的，但年老的妇女，往往只穿一马甲。下身穿裤穿裙，她们是露臂不露腿的，最奇怪的，在盛夏时，上身已是半裸体，而下身仍是必恭必敬穿了一条夏布长裙的（夏布是麻织物，以前到了夏天，江南人无论老少男女，都穿此夏布衣服）。至于护乳之物（此物雅的俗的有种种名称，苏人称"肚兜"，近今名曰奶罩），少女辈尚矜持，至嫁人生子后，即已解放，对客喂儿处之泰然了。

再谈到工人的衣服吧，但是这个范围太广了，有大工，有小工，有粗工，有细工，以及近来发展的新工业，有的是便服，有的是制服，我是不能周知的了。不过衣服与阶级是大有关联的，在旧中国说来，大概高级的穿长衣，低级的穿短衣。就工界言，亦分等级，凡劳苦工作的都穿短衣，高级的如工头、工程师则穿长衣。肩挑背负的工人，必穿短衣，细雕密缝的工人，可穿长衣。但至于今日，从事工业的，无论何人，不分阶级，均穿短衣，一例平等了。还有一种工人的制服，直到如今，还不能免的，那是无关于阶级问题，只不过为了整齐划一起见,也不能不与学生、军人等看齐了。

马褂与马甲

辛亥革命,是我国人民衣服一大变迁,距今已六十年了。我今对六十年前后,男女两性衣服的变迁略言之。

先说男性,六十年前满清制度的官服,前已言之,不再提了。现在要说的一般平民的常服,自外而内,首先说的是那件马褂。一件短外衣,家常穿的,与"马"字有何关联,古来衣服也没有此种名称呢。应知道这也是满清的寓有侵略性,意思是他们"以马上得天下",这衣服是在马上穿的(衣服中"马甲"、"马裤"亦与此同义)。不久,这个名称,也就约定俗成了。马褂有几种,一种是对襟大袖,穿在身上,方方正正,我们称之为"方马褂",这亦可以作为常礼服。一种是左有一襟,掩其右襟(裁缝工友称之为"大襟"),古无此制。我读《论语》,孔子曰"微管仲,吾其披发左衽矣"句,因想到披发左衽,是夷狄之服,现在衣上有一块大襟,即是左衽,孔子乃是预言家,有先见之明吗？又有一种，对襟儿窄袖，吴人称为"得胜褂"，我于辛亥以前常穿此，因其便于写字读书，想此种马褂，亦是从军营中流行出来，故有此名。

除方马褂尚黑色，与官服中的外褂看齐外，其馀所有颜色，悉听尊便，大概老年人以深色为宜，若花花公子则淡红浅碧，四周镶以如意缎边，以夸其艳服。但到了清末，这各种颜色渐次消沉，一律均为黑色了。马褂中尚有一种为黄马褂，那是官服，必定要皇帝赏赐你穿，才可以穿。凡是皇帝侍从之臣，以及出外扈从之臣，均可以赏穿黄马褂。杭州人有一土语，上海人称为"敲竹杠"者，杭州人叫做"刨黄瓜儿"，初不解其意。据一位说故事的人讲道："当年乾隆皇帝下江南，随行的官员，都穿了黄马褂，到了杭州，这些官员，滥吃滥用，大肆挥霍，杭州的商人，倒发了一些小财，所云'刨黄瓜儿'者，实在是'刨黄褂儿'呢。"这个古典可靠吗？信不信由你。

其次，我就要说到马甲了，这种没有双袖的衣服，并不是清代所创始的，古之人无论男女都有这种装束的，只要看到画家的人物画，绘一位高人逸士，也往往穿此无袖的长帔。戏剧中的古装，扮演婢女，没有水袖，往往穿一绣花马甲。而且它的名称甚多，有的地方称为"背心"，有的地方称为"坎肩儿"，有的地方称为"领衣"，诗词中有称之为"半臂"的，名词甚多，不能尽忆，但最普遍的还是"马甲"两字。故马褂废而马甲不废，以至于今，西装亦有马甲，古今中外，成为马甲世界了。

袍裤与鞋

再进而述及长袍，但是这些长衣服有一界说，凡是单层者，不称袍而称衫，名之曰长衫，双层者即称之为夹袍，棉者为棉袍，皮者为皮袍。袍子上束以带，垂于背后，是丝织物，颜色不等，吴人名之曰"汗巾"，又称"束腰带"。向来长袍外面，必需有马褂或马甲，到了清末时期，袍子既不束带，亦不需马褂、马甲作外表，时人称之为"秃龙袍子"（"龙"或作"笼"），这也是一个小变迁。我想在古人衣服中，有衣必有带，衣与带是联系的，书本上也如此说，成语上也常说什么"解带宽衣"，但是到了清代，开始衣服上用钮了，凡百衣裳都用钮，钮扣遂大行其道。

我们俗语称衣服为衣裳，根于经书上"黄帝垂衣裳而天下治"的句子，唐诗中亦有"云想衣裳花想容"之句，实在"衣"、"裳"两字有分别，上服为衣，下服为裳。下服是什么呢？就要说到裤与裙了。在古人衣服中，本来男子也有穿裙的，今以现代风俗，关于裙的一方面，让到谈及衣服时再说吧。男人穿的裤子，距今六十年前，本来也无甚变迁，所异者，古人的裤子不扎裤管，这时候必用带子牢牢扎紧，散了裤管，好似对人不恭敬的。这对于穿靴子的人是较为便利的，其实扎裤管也是近于戎服了。当时还流行一种名为"套裤"的，这是近今青年人所万不能知道的。套裤者，套在裤子的外面，掩蔽其小腿以至膝盖，后股空虚，绝不顾及。有人谓此种套裤，还是京朝大老所发明，因为他们每日进宫叫起，向皇帝长跪奏事，两个膝盖实在忍受不住，有了这个套裤略纾其困。后来不是要向皇帝跪拜的人，也穿起套裤来了，流行了一时，到了清末，这套裤也渐渐失踪了。至于今日，大概是部分的"世界大同"，人人都穿西裤，我亦不再词费。不过在内地许多保守国粹的老先生，还是不忘故旧，仍穿其灯笼裤（言其臃肿如灯笼）才觉安适呢。

上古之世，我不知哪一时代的人最先穿鞋子。我们不要笑日本人登门就要脱去鞋子，要知道我们中国古时代的人，也是在家不穿鞋子的。为的是那时代大家席地而坐没有什么凳子、椅子。既然席地而坐，就要脱去鞋子，这个古代经书上早有记载，我们往往忽略。常见有些画家，画出秦汉以上的人物，高坐在椅子，那是错了。不过鞋子是早已有了，试看"鞋"字的偏旁，不是从"革"吗？《孟子》上也有"革屦"这一名词，可见古人却早已穿皮鞋了。但是我在儿童时代，还不曾看见有一个人脚上穿了皮鞋的。

由布鞋到皮鞋

关于鞋子问题，我又要从儿童时代说起了。刚能扶床学步的年龄，便穿起鞋来，最初是软底的，既而是硬底的，此种童鞋，商店不备，都是他们母亲或家人自制。在我九岁时，方购得商店所制的鞋，黑布面，白布底，每双制钱三百文（等于银元三角），我只可以穿半年，半年以后脚上生须了。成人以后，改穿缎面或呢面的，皮底的，或仍为布底的，因那时的布底甚

为坚固，不弱于皮底呢。那时一双鞋，可以穿一年，价值则在一元以外了。凡是商店，不能固守旧法，总要想出新花样，鞋子也是如此，于是鞋首上有云头的，鞋帮上有嵌花的，以博青年的嗜好，老年人却是守旧，以缎鞋、布鞋为宗。严冬脚冷，都穿棉鞋，老人更不可无此，商店矜奇立异，也有种种花色。我最爱穿的是家制的那一种阔面布底的俗称老棉鞋，大感足下温情。最奇妙的，有一天见了内山完造先生，他身穿西装，而脚上却穿了一双我中国的老棉鞋，真与我们同化了。

数十年来鞋子的小变迁，由"双梁"而变为"蒲鞋面"（鞋头有直线缝起，名之曰"梁"；无梁的俗称"蒲鞋面"），由呢面改而为帆布面，直至辛亥革命以后，大家改穿西装，于是皮鞋大行其道，始为一大变迁。那时舶来品大肆宣传，价值奇昂，乃有数十元始获一双鞋者。但老年人总不耐穿此，安步当车，不如旧式鞋的舒适。大势所趋，无可勉强，社会主义国家，随着社会所需要而进步，新中国近来对于鞋类的出品，大事发展，曾开一展览会，展出鞋类产品数千种，包括有皮鞋、胶鞋、人造革鞋、拖鞋、布鞋、皮制运动鞋等六大类，亦可谓洋洋大观了。

衣之部

袜的故事

我今由鞋而说到袜了。在我七八岁的时候（约在一八八三、四年），穿的是青色布袜，那个时候，成人们都穿的是白色布袜了。我很羡慕，要穿白袜，母亲说："你穿一天就脏了，要人天天给你洗，还是青色为宜。"我嫌青色的不漂亮，母亲曲从儿意，于是改穿白袜了。那时的型式，有长的，有短的，长可及膝，短仅至胫。中有一缝，名曰袜梁，下托一底，又名袜船，这个名词，恐知者不多了。我自儿童时代，以至青年时代，都穿此种白布之袜，其中稍有变迁的，那时外国的棉布进口了，其色泽细密，都超过中国的土布。有一种荷兰布，洁白皎洁，宜于制袜，上海就开了不少袜店，翻出许多花样，爱时髦者争趋之，但此不过小变动耳，自从舶来品的丝袜进口以后，方是大改革了。

外国的丝袜，侵袭到中国来，大概在二十世纪之初。最初不过是中国几个通商口岸的外国商店，有得购买，后来中国人创办专销外国货的百货公司也有了。我的由布袜而改穿丝袜，便是向上海的先施、永安公司购买的。最初我们也穿的白色的,因为我们还是穿的中国鞋子呀!黑鞋白袜,相映有趣,但容易受污,那时却来了一种黑色的,于是我与许多朋友都改穿了黑丝袜,一时黑丝袜大为流行。那是有许多便利的,一则它是有韧性,可宽可紧;二则因为是黑色的,可以耐污。但因此而闹出笑话来了。我有一位朋友,恕不举其名,是落拓的文人,也穿黑丝袜。他有一个小公馆,有一天,我们到他房里去,却见满地都是黑丝袜,枕头边也是,褥子里也是,坐椅上也是,连茶几上也是。原来他从来不洗,穿得不能穿了,换来一双新的,把旧的臭袜到处乱塞。那时的丝袜,价也不甚贵,每双在时值一元以上,然也比布袜贵得多了。

关于丝袜的故事忆有两则,可入史乘。在前清光绪末纪,丝袜侵入中国以后,一般青年人都好之,尤其是对于从前称为洋务中人,所谓"近水楼台先得月"也。天津洋行里的年轻行员,多少也要说得几句外国话(俗称之为"洋行小鬼"),以及北京等处电报局里的服务生,都是穿得漂亮的。庚子那一年,喊着"扶清灭洋"的拳变忽起,他们可遭难了。义和团最恨那班小伙子,一见他们穿了丝袜,便呼他们为"二毛子"

(拳民呼洋人为"大毛子",呼这班为"二毛子"),用刀直砍他的脚背,苦苦哀求,撕破他所穿的丝袜乃已。此一事也。又一事,则在一九二七年北伐以后,其事在南京而不在北京,南京市长刘纪文,正在宴尔新婚,买了一双价值十馀元的丝袜给他的新太太,惹起了冯玉祥将军的谴责,说他们在此革命时代,不应以此奢侈品表率民众,引起了海内外各报馆登载了这个花边新闻。这两事也可以说是为了丝袜,闹出不大不小的祸了。如果冯玉祥后死十年,看到了那种女人长统丝袜,自膝以上直接到了三角裤,而价值可十倍于前者,不知作何感想。这真如香港有位英人华德先生说的,"这个世界变迁很快,确切反映当前的道德标准,殊非易事",却是老实话呢。

妇女的发髻

我本说对于衣服的变迁,分为男子部、女子部的,百年前最使人视为奇耻大辱的,是男子拖了一条辫,女子缠了一双脚。虽说满洲入关,男变女不变,已有成例,然而种种自然的变迁,总是不能免的。康熙、

乾隆时期的妇女衣服装饰，我不能详知，我只能就我儿童时期的祖辈以至于今，略说一些，这个变迁，也真大大的打破了从前一切的传统妆服呢。

我先从她们的头上说起，妇女的头发是最尊贵的，也是最美丽的，史册所载，诗歌所咏，无须赘述了。长长的头发如何措置呢？就是要挽一个髻，在这个髻上，便变出许多花样来，也可以见时代的不同，风气的变易。当时我的祖母是梳了一个长髻，我的母亲是梳了一个圆髻。大概老年人梳长髻，中年人梳圆髻，是当时所流行的。长髻不是高髻，垂于脑后，其名曰"宕七寸"（七寸言其长度也）。圆髻则以发盘成一圈，而以红丝绳扎其发根，很有关系，夫死，在丧服中则扎白头绳，三年满服后，永远扎黑头绳，故欲知其是否孀妇，观其所扎的头绳，即可以知之。

髻上是有种种装饰的，横插一簪，名曰"压发"，富家是金的，贫家是银的，而亦镀以金。髻的周围，有许多插戴物，如荷花瓣、茉莉簪、挖耳、牙签之类（记得《红楼梦》上，曾有王凤姐拔头上牙签剔牙的故事，手边无此书，当问之红学家）。再说，从前妇女所梳的发髻上，每喜戴花，故每晨必有卖花女送花来。

春夏之交，玫瑰、蔷薇，色香俱备，最为艳丽。到了夏天，则茉莉、素馨、白兰花，各擅胜场，枕边灯下，吐其芬芳。秋季则仅有菊花了，虽然孤芳自赏，却也五色纷披。不过花中也仅有此数种，其馀都不上美人头了。爱花是女子天性吧，巡行郊野间，我每见那些乡下姑娘，虽乱头粗服，而斜插一支野花，自有曼妙之致，反胜于城市间那班庸脂俗粉多多呢。

高级人家（吴人称为"大人家"，低级的则称为"小人家"，文字中亦有"大家闺范"、"小家碧玉"的这种词句）妇女们，凡遇到喜庆宴会（如俗语所谓"吃喜酒"、"吃寿酒"等等），所梳的这个髻上，便要大妆点起来了。所有珠花、珠凤、珠蝴蝶，插满了头，方见其尊贵。那个时候，金刚钻还未流行于中国，妇女界以珍珠为最宝贵，其次则为翡翠。翡翠亦为首饰所需要，用之于夏秋之间为多，所谓珠翠满头也。到了现在，妇女的头发，仍为身体上最贵的一部分。虽变化多端，甚至用他人的发作为自己的发，而发髻仍为流传，仅年轻女郎散发或梳辫而已。中年、老年以及乡村妇女，还是梳髻为多。

妇女不离裙

我现在又要谈到妇女的乳部问题了，这是百年以来的一个大变迁。除了喂养婴儿以外，自古及今，亦视为身体上最为珍贵之处，与头发相比，用哲学家语，一个是外在的，一个是内在的。小姑居处，待字深闺，非但手不能触，亦且目不能视的。五十年前的风气，青年女子，还是要把胸部束缚得紧紧的，不能任其高耸，甚至妨碍内脏，亦所不惜。最可笑的有些妙龄女子，身体日见丰腴，乳房当然饱满，于是特制名为"小马甲"的，胸前密密扣住，谁知略一用力透气，而所有钮扣，毕立剥落都解体了。其时张竞生先生在沪提倡"大奶奶主义"，开明之士，都以为然，深觉如此束缚，实不合于卫生。但大奶奶主义终不能打破小马甲政策，而使之解放呢。

西风东渐，新潮涌起，先之以电影明星，继之以欢场歌女，于是放弃小马甲，受命于乳罩，闺阁中人，本亦非顽固者流，见此推陈出新之物，也就随时顺势而改变了。但是这风气一开，逐渐发展，裁缝师制衣服，要仔细量度你的三围尺寸了；选美者、猎艳者也须注意你的胴体是否适合于美人姿态呢；一个反动力，许多新女性，深恨于自己的胸前平坦，思以人力补救之。于是一班黄绿医生，作为投机事业，盲针瞎灸，非徒无益，结成块垒，致酿成终身之病。一方面呢，什么夜总会、俱乐部，以此为奇货可居，夸示其曲线玲珑，甚至提倡"无上装"以诱惑顾客，试想这一点，还不是百年来一大变迁吗？

再说妇女的裙子吧，自古以来，虽然型式略异，却没有什么大变动。不但是中国，在亚洲各国如日本、如印度，以及南洋各国，妇女们都是穿裙子的，在中国前代，别的不说，只要看画家所绘的仕女，哪一位不是长裙贴地的。满洲入关时候，男变女不变这句话，便起作用了。因为满洲妇女是穿长衣服的，只穿袍子不穿裙子，而中国妇女是一直穿惯裙子的，不容有所改变。在十九世纪之末，我们家乡一带的风气（说是在江浙两省），无论是一位老太太，一位少奶奶，一天到晚，即使在家居，也要整整齐齐把裙子穿在身上的。如果有一个男人到他们家里，而见到这位主妇只穿裤子，没穿裙子，那是大不敬。裙的质料，高级的丝织品，低级的棉织品，颜色是一例黑的。但讲起裙的颜

色来，又有许多规模制度了。

女裙的制度

家居穿的裙是黑色的，遇到了有所庆贺的日子，那时便要穿红裙了。红裙就是大礼服，上身如穿了披风，下身必系上红裙，裙身有褶裥，以多为贵，称之为"百裥裙"。前后有两长方绣品，称之为"马面"（我一向不知"马面"两字作何解释，且以此存疑）。这种"马面"上，往往有极美的苏绣。我在此又有一个插话了，在上海，有一位朋友，他的外国友人请他吃饭，夸示他得到中国最美好的绣品，装了金边玻璃框子，挂在壁间。那朋友一看，都是中国妇女裙子上的马面，但也不敢说穿，因为中国习俗，凡是妇女下身所穿的衣裳，都视为亵物，不足宝贵的。其实外国人倒无所谓的，只要他所爱好，什么近于猥亵的事事物物，他都不在乎的。

我又再说到红裙了，要夫妇双全，才可以穿红裙，若是一个孀妇，不许穿红裙，而且永远不许穿红裙的。如遇应穿礼服的时候，青年少妇，可以改穿别种颜色

衣之部

的裙，浅碧淡青，各随所好，但总觉得不快于心，老年人已是儿孙绕膝了，可以改穿黄色的裙，而直到了死，终不能穿红裙。还有，夫妇之间，惟正室可以穿红裙，姨太太不许穿红裙。即是她的儿子，已是科甲发达做了大官，不许穿就是不许穿，为了一条红裙，发生嫡庶之争，在那封建时代，专制家庭，常常闹出这种纠纷来的。到了清末民初，妇女们都放了脚，改穿旗袍，大家也就离裙而独立了。但女性总不能离裙，欧美各国如此，东亚各国亦如此，长裙去而短裙来，万变不离其宗。

　　百年来的女性是一大变迁，不用说衣服上的变迁，而身体上便是一个大变迁。将数百年来戕害肢体的缠脚恶风气，在这个世纪竟然解放了，这不是大快事吗？于是因放脚而不能不谈及鞋子问题。缠脚是要从女孩儿五六岁便缠起的，年龄再大一些就不成功，试问如此娇小的女娃，出世以来，便要吃这种苦头。我友沈叔逵的《放脚歌》，开头几句道："缠脚苦，最苦恼。从小呀苦起，一直苦到老。……"母亲总是爱怜女儿的，为了这个世态，为了那个虚荣，狠心地把她两脚使成残废。我曾见母女相对流泪，俗语说的"小

脚一双，眼泪一缸"，不是悲惨的事吗？

辛亥革命时代的前后，明达的文化界人，大家都提倡妇女要放脚了，先从自己的家庭里，以身作则。但是有些太太们，从小缠得尖尖的，无论怎样总是放不大的。扯去了脚带，制成了宽袜，平底鞋，鞋头里塞了许多棉花，要大踏步走路吧？可以不能，终觉得趑趄不前。回想当年，因为怕人称为大脚姑娘，为人耻笑，便百计设法，如唱京戏的旦角要蹁跹一般，也是很辛苦的，现在一个反动力，从前大的要使之收小，现在是小的要使之放大，于是鞋袜一切，都要改变了。如何的改变呢？世界大同化，欧美各国商人，最能博女人的欢心，于是高跟皮鞋便来了，玻璃丝袜也来了，千奇百巧，斗丽争华，在数十年前，谁能想到如此诡异呢？不仅此也，渐渐成为赤脚时代了，又几几乎要成为"无下装"新潮了，又谁能想到这个未来世界，女子的服装伊于何底呢？

"未亡人"与丧服

但是我新中国便不同，新中国的妇女要顶半边天的，什么男人可做的事，女人也可以做，难道工厂里的女工人，都可以穿高跟皮鞋吗？难道所谓赤脚医生，也须要穿玻璃丝袜吗？说出来可是成了笑话了。不过说她们一无变迁，也是不合情势的，那些长裙曳地，罗衣称身，已是过去时代的人物了。现在做什么适当的工作，应当穿什么适当的衣服，讲究什么是摩登、时髦，那和她们没关系的了。老太太们省去麻烦，剪发的便剪发了。妙龄女子也赤脚下田了，她们的赤脚，那是真有价值的赤脚，不同于那些都市间以玉腿翘示于人的赤脚了。即使她们不是劳动阶级的人，也穿得朴素大方了，不像那班打扮得花枝招展的人了。可见虽然是百年变迁，也各有路途的不同呢。

写到这里，手边恰有一张报纸，翻开来看，尽是刊载各家的讣闻，什么"未亡人"、"杖期夫"之类，却引起我自古迄今丧服变迁的感想。丧礼丧服，是我国列朝以来隆重的制度，也是士大夫必须崇奉的礼教。儿童们上学以后，读四书、五经时候，就要读到此了。回忆我在十二三岁时，读到了《礼记》，便有好几章是关于丧礼丧服的，我的老师就不教我读，他说："将来考试，反正考试官也不会题目出到这不祥的丧礼

上去的。"所以我知道得很少。但这是国家的制度,人民的道德,社会上实践躬行的,不能不有这一点儿常识。现在这个丧服制度已经完全变迁了,而且已近于消灭了,除非那些经学大家、史学博士,还不能忘情于此吧?

不过对于讣闻上的"未亡人"和"杖期夫",我凭常识不妨说一说。"未亡人"这一名词,这古典还出于《左传》,是寡妇自称之词。中国传统历来是男女不平等的,夫妻之间的丧服,妻死后,其夫只有一年,就是所谓"期服"。在清代,常服只不过轻描淡写的瓜皮帽上戴一个黑结子,辫子上系一条蓝辫线,官服还是照常不变。至于夫死了呢,那就大大的不同了,不但是三年之丧,而且是终生之服。在殡仪上粗麻重孝,哭泣跪拜,不必说了,好似必须与夫偕亡,方为贞烈。所以到了现在,"未亡人"这个名称,可以不必要了,妻就是妻,便简单得多嘛。再说"杖期夫"这个名称,"期"就是上文所说的一年的丧服,妻死后,她的丈夫,有两种名称,一为"杖期夫",一为"不杖期夫",这是什么讲究呢?原来他的父母都故世了,可以称"杖期夫",父母在堂,或一父一母在堂,便只能称"不杖期夫",那是从前讣闻上所严明规定的。原来"杖"是代表年老的意思,父母在堂,不用杖。现在我见报纸上所载讣闻,一例是"杖期夫",尽管他的老太太在世也不理了。从前对于这个"杖"字,是很严重的,如果做官的人,用了"杖期夫"名称,而查出你的老太太还在世,御史可以参你一本,削职查办。诸如此类,以前丧服的严正,好似天经地义,一旦就轻蔑而摧毁之,这不是在此百年中最大的变迁吗?

自古迄今,人类的衣服,无代不有变迁的,但的确在近百年来,变迁得最快速、最离奇,虽然有些是国家的制度,而大部分还是人民随风气而转向。这个变动是没有止境的,我不知道后一百年或仅后数十年,变得如何状况,恐最高明的预言家,也不能穷其究竟吧?我以上所写的不免杂乱无章,听说沈从文先生在写《中国服装史》(并有图画),这是近代所不可多得之创作,可惜我未有读到呀。

住之部

大住宅

我今要谈住的问题了,这住的问题,百年来也大有变迁呀,就广义言之,凡是可住的地方,除了一个定居的家室以外,如公署、行馆、别墅、公寓、旅馆、宿舍、招待所、俱乐部,甚至水上人家、陆地流动的房屋等等,都包括在内。以狭义言之,就只是住家一件事,也觉得千变万化,写都写不完了。况且我们中国地大物博,即就房屋而言,各地有各地的不同,自皇宫以至民居,自城市以至乡村,谁能一一都调查得周到呢?我只能就我所见、所闻、所知的,在近百年来,已有变迁的,略述一二。

我先从家庭说起吧,家庭是要分级的,应分为上、中、下三级。

上级的自然是富贵人家,巨门豪阀,有的是家族人很多,守了祖训,数世同居的;也有的房子虽大,而人口稀少，有些乡宦，归隐以后，必须造一座大宅子以娱老的。这些房子的造型如何呢？当然都在城区里，所谓家宅区域内，可以从前巷直通到后巷。从大门间起而轿厅（又号茶厅）、大厅、二厅、内厅，一厅一进，多者可以至七进。七进以后，尚有馀地，或有厨房，或为一块园地，那便是旧小说所说的"后花园"了。这是房子中心点，东西两方面（因为房子总是朝南的），随地形而量度，可以造花厅、书房（有些家中有几个书房，如东书房、西书房之类）、账房（这是管理本宅的田租、房产的），以及一切客房。如此算来，一座大宅子，至少也有七八十间，甚至在一百间以外，也不算希罕。

再说，那些大宅子，从大门起到大厅止，都是没有楼的，要到了内厅（或称女厅）方始有楼。此外如花厅、书房、账房等等，一概无楼。所有的楼只有一层，而俗称为二层楼。这是在江南一带，尤其在苏、杭两处，若在北方，虽在大户人家，也少见有楼房的。从大厅进入内厅，有一个地方，叫做"穿堂"，这是从前官厅衙署，大堂至二堂的名称，宅第间亦袭用之。但平日都不经此穿堂出入，因大厅上有屏门，悬着许多

名人画轴对联，并有匾额，名为某某堂。因此从大厅旁边便有一条走廊，一直通到了厨房及后园。那个厨房，我倒要说一说，厨房的主要部分是个灶，灶有大小，最大的可置五镬，吴语称之为"五眼灶"，其次则为"三眼灶"、"两眼灶"。一个巨宅中，主人宾客奴仆，百馀人不足为异，食指繁多，势非五眼灶不可了。所以《论语》上，王孙贾曰："与其媚于奥，宁媚于灶。"那是不差的，家家有个灶，是人生糊口的工具呢。

　　那种大宅子的大厨房，还有许多附属的屋子。第一是柴房。从前南方厨房中用的燃料，有稻柴，有茅柴，有木柴，而以稻柴用得最多。乡下人田事馀暇，便把稻草装着一船船载到城里兜卖。就算一百斤为一担吧，那些大厨房，一买就是几十担，这几千斤稻柴何处安放呢？这非有个屋子不可了。柴房之外有个灰房，质言之就是垃圾间；养狗的有狗房，有的人家也许有个厕所，这些屋子，都接近后门，有人或来清理扫除，都从后门出入的。这种大厨房，自晨到晚，都是很热闹的。专管烹调的事，至少须用两人，执铲刀在灶面上工作的，名为"上灶"，执火夹在灶后烧火的，名为"下灶"。也有高贵的厨子，可以雇用助手，他便任指挥之责了。其他许多仆役,也都以厨房为聚会之所。到了午晚两餐开饭的时候,男仆女仆,群起共进,争先恐后,真好似开什么运动会了。

一个大家宅的蓝图,我约略地说了,其次便应谈到家具了。一个上级家庭的家具,五花八门,千变万化,一枝拙笔,可以说得尽吗?我只得去繁就简地说一说了。自古以来,家具总是属于木器为多,举凡床榻、桌椅、橱柜、屏架等等,哪一样不是以木料制成的,富家如此,贫家亦如此,不过木质是有高下的,在这近百年来,家具中的木器以红木(广东人称之为酸枝)为高级;其次则为榉木,以其亦颇结实;再其次则为松杉等杂木而已。至于超过红木者,则亦有紫檀、楠木等,那是超级的木材,不同凡响了。恕我不是木匠师傅,只能举其大略罢了。至于木器上的雕刻、髹漆,也有关于标新立异,出以种种美术技巧,不必说了。

家具有许多材料,不能不取于矿物质,在西方的矿质原料,不管输入中国的时期,中国需用的五金,称之为金、银、铜、锡、铁。除金、银只为装饰品,不属于家具以外,铜、锡、铁亦为家具的必需品。中国是有铜矿的,除云南省外而未开发的还正有不少。

千百年来，中国铸造有铜钱，"孔方兄"耀武扬威，不可一世，而今安在哉？但一二古钱，古董家尚视之如拱璧。家具中以云铜制者亦甚繁，有如花瓶、茶壶、香炉、烛台等等，在从前也是以铜制成的，要一一记出来，也指不胜屈。最可异者，在满清时代后半一个大时代，中国忽流行吸水烟，所有吸水烟的工具，名曰"水烟筒"（又曰"水烟袋"），人手一具，文人学者，缙绅士大夫，以及名门闺秀，都不能免。这个吸水烟风气弥漫于全中国，而水烟筒都是铜制品（当时以汉口、广州两处的出品为最佳），这个铜之为用亦甚广，直至欧美以纸卷烟入口，而水烟筒遂渐渐消灭了。

锡亦家具所需用之一，不过锡器较铜器为逊。乃异军突出，忽作冥镪之用，在古时，人死后则烧纸钱，古人诗中所谓"纸钱化作白蝴蝶"是也。不知谁是一个发明家，把纸钱改为锡箔，大概以其有银色光芒，骗骗那班贪财的陈死人而已。可是由此发明，我国的东南各省却大流行，于是家祭者必烧锡箔，探丧者必送锡箔。旧历的七月十五中元日，号称鬼节，街头巷尾，到处都是焚锡箔，锡箔成为一大工业，又且列为大商店呢。这种出品，以浙江绍兴为其专业，行销于全中国，恃此工业为生者数千人，竟与鉴湖名酿的绍兴酒争胜呢。在辛亥革命以后，这个迷信的风俗，尚未能尽行改变，到了现在的新中国，方得以扫荡无馀。以上所述，实与家具无关，偶然想起，聊述一二，往后即无人知了。

再谈到家具中铁的一部分了，小至一针一钮，大至铁门铁栅，所需甚多。尤其在厨房，大刀小刀，长铲短铲，尤所必备。但今则由铁而进步为钢了，由家用而扩展为国用了，观夫近年来，我国的开矿山，建钢厂，钢铁工业的大增产，家庭器具需用的铁材，殊渺小不足道矣。

中级家庭

关于住的部分，我只说到房屋、家具，也是挂一漏万，其他与此联系者正多，不能一一尽述。而且所述者，都属于上级的家庭，对于中级家庭，我当然也要说一说了。中级家庭中，也可以分为上、中、下三级。有一种是自己也有房子，虽不及富贵人家的阔绰，也有厅有室，商业人家有一个会客间，读书人家有一

间书房。有的是楼房，有的是平屋，也必有一个独立的厨房，甚至有一个小小的花园。这是就东南各省而言，若在北京，就是一个大四合院，起居也足以安逸的，那便是世所称的小康之家了。其次的，自己没有房子，只是租了人家房子住，他们造不起大房子，也不愿意住小房子。其时从前造大房子的人家，子孙式微，房屋亦旧了，便把它分租与人家，多或七八间，少或五六间，也很为适宜合用。我的家庭，在故乡苏州，就如此办理。再其次的，家中人口少，只租三两间，与人家合一厨房，不免局促一些了。至于像上海的所谓二房东、三房客，却是没有的。

至于下级家庭呢，谈起以前，便不免要想到工农两阶级了。工是属于城市的，从前没有什么大工业、大工厂，也没有什么工房、厂房之类，但他们也有一个家，也须有个居住的地方。只是工业的范围太扩大了，工人的种类太复杂了，实在也书不尽书。即就我故乡苏州而言，许多所谓手艺工人，都是工而兼商的。一个店主，开了一家铺子，所有的出品，都是请了熟于此种工作的人，在铺子里制造的。如有顾客临门，便放弃手中的工作而应酬顾客，这种伙友，店主大概都兼管他们食住的。譬如那些土木工人（苏人呼之为"泥水匠"、"木匠"），他们也都有"作场"可住的。还有一种裁缝店（文言则曰"成衣店"），都开在大户人家的门口，也没招牌，只用开店的姓氏为号召，如姓张的则称张师傅，姓王则称为王师傅，不知其姓，笼统呼之曰"开店的"，裁缝店例有一小房，可住其家眷，裁缝之妻，则例呼之为"开店娘娘"。

这个裁缝店开在大户人家的门口，只在苏州有此情形，别处我从来没有见过，不嫌烦琐，我倒要说一说。苏州的所谓大户人家，一种是绅富门第，一种是侨居于此的寓公，那是门前显赫，车马喧哗，不容开一个裁缝店的。而且门口还有一个门房，门房房里还有一个门公，陌生人是不能擅入的。现在门口可开裁缝店的大户人家，已是衰落的故家旧宅了，里面租户常有十馀家，进出的人川流不息。但是门口有家裁缝店，却有几种好处。第一，把他们替代作为一个门公。如无裁缝店，门前空落，什么人都可以跑进来，"白日闯"、"三只手"（这都是小偷的名称）可以大施其技术，有了裁缝店，好似有了个关口，出入可以稽查了。第二，作为一个交通机关。如有朋友初次来访，里面有

十馀家人家，不知他们住在哪一屋哪一厢，但是门前裁缝店却是知道的，可以指示你。在苏州还没有邮政局的时候，只有民信局，往来书信多的人家，民信局每天派人来逐家收信，裁缝店便成了一个收发处。每天看报的人家，也是如此，这何等便利呀！第三，那更有意义了。凡是裁缝店，比较总喜欢造女人衣服，里面既有十馀家人家，这些太太小姐们，至少总有一半是靠得住的主顾，而这些女主顾，虽然不大出门，在自己家里的门前，也较为便利呢。

贫民窟

我的话又说野了，为了工人的住，太觉泛滥，掇拾一二，以概其馀。总而言之，贫民都是聚居一处，不论是工非工，穷檐陋巷，便是荟萃之所，小贩，苦力，唱歌，卖技，以至说不尽、道不完的苦朋友。我想这些贫民窟，不仅是中国有，各国都是有的，即欧美的首都大市，亦何尝没有，不过，他们常常使之隐藏起来，不教人窥见其底蕴而已。再说，我的见闻殊狭，不能多所枚举，若就我的故乡苏州而言，那些低级的工民，住处还算是好的，虽然他们穷困，还是爱清洁的。又喜欢独门独户，像北京那样的大杂院等等，也所少见。他们有个男勤女俭的家，男的或是出卖气力，当轿夫担夫之类；女的便是做女小贩，跑城里的大户人家去了。这时住在虎丘周围的卖花女郎是出名的了，赤了一双洁白的脚，不施脂粉，天然娇美，那些词客诗人，往往誉之为小家碧玉呢。

但越是那些大都市间，贫民窟越多，这是地窄人稠、贫富悬殊之故。尤其在中国当时的被租借区域，如上海，如天津，喧宾夺主，几使居民无立锥之地，这不是大足使人悲愤的事吗？我初到上海时，行经一马路，比邻数家，满是碌架林，有两层的，有三层的，多至数十架，少亦十馀架，莫名其妙。询之友人，友人说："这个名为'白鸽箱'，亦旅馆也。有许多小贩、苦力，终日劳苦，夜来在此一宿，亦甚方便，以形似养鸽人家的鸽箱，故有此名。"我问："住一宿多少价钱？"友人笑道："这又有一个名称，唤做'跳老虫'，每夜来此住宿的都知道。"我问："何谓跳老虫？"老虫即是老鼠，北方人称"耗子"，苏沪间人则称"老鼠虫"。他说："向为制钱六十文，今已涨价至八十文，

用草绳串之,形似一鼠。进门,掷钱于柜上,择一空床,倒头而卧,天明即去,不必开口呢。好事者于是锡其名曰'跳老虫'。今已成一名词了。"

在上海,有一天,我友庞京周医生告诉我,他说:"今天有一个出诊。那个病人,却住在房子的夹层里。"房子如何有夹层?这不是可怪事吗?讲起来也是可耻的事了,原来上海自从成了租界以后,外国的大商家来造起了什么花园大洋房,中国人造的要合于中国一般平民住的,不在沿马路建筑的,俗称衖堂房子(上海人又简写成"弄堂房子")。这种房子,也分三级,最高级是三楼三底,中级是两楼两底,下级为一楼一底。另有一种是五楼五底的,那是超级的了,住得五楼五底的,也可以住中等洋房了。因此这弄堂房子的上中下三级最为普通,而且房子也是标准式的,每一弄堂都是一个型式。我今不谈上、中两级,而谈下级中的最下级的,那就是一楼一底,楼下还有一间厨房的,如果是一夫一妻,或有两个小孩,一家独居也尽够住的。偏偏有些人租了这个一楼一底的房子,还要转租给人家,把房子夹得七零八碎,自己搭起二房东架子来了。

住之部

房子夹层住人

那个时候，虽然未必像现在香港人所说的"一张床上睡七个人"，但这一幢房子住七家人家，是不足为奇的。就算是仅有七家人家，老老小小就有多少人呢？未曾计数，至少半百人数是有的。如何安置这些多数的三房客，这个二房东可也费尽脑力了。说了许多散文，我今要问到庞京周医生，如何他的病人，却住在房子的夹层里呢？原来这病人的二房东，颇工心计，他这一楼一底的房屋，出租已不止七八家了。于是别出心裁，在楼上的地板下，楼下的天花板上，夹出一层来，约有三尺高低。人睡其中，可以蛇行而入，坐也勉强，站是站不直的。那个病人本来也是终日睡眠的，贪图它的租价贱，便在这个夹层中住居了。

我问庞医生："那末你怎样去看病呢？你也钻进这房子夹层里去吗？"庞医生叹口气道："你知道，我们西医是难得出诊的，也是我家有一个佣妇说起，她有一个同村出来帮工的人，是一个孤孀，只有一个七岁的儿子，生了病，被东家辞歇了，无处可住，住到这个房子夹层里去。病得也无力看医生，我动于恻隐心，又动于好奇心,怎么样的夹层房子?一进门,就不得其门而入,经同居人的指点,原来那病人房门,就开在扶梯的边上,我要给他诊病,只好坐在扶梯上,而扶梯上又是往来不绝的人,那不是糟透吗?"所以越是那些大都市繁盛之区,贫民窟就是越多,在中国尤其是那些殖民地、租借地,数十层的大厦高楼,背山面海,夜来霓虹灯照耀如天半朱霞,而平台木屋、铁皮盖顶、芦席为墙的也正是不少呢。

若在我国内地,决不会有此景象。穷苦人家,到处都有,有穷得干干净净,即使是草棚茅屋,也都像个房子。我再说到农民了,可惜我一向住在城市间,对于乡村的接触很少。只不过在我的故乡苏州,偶至田野,略有见闻,聊述一二。

农民们所居住的地方,当然以种田为主体,住房子好像是成为附属了(也有些大户人家,久居乡下,造起大房子来的,此等富农,苏人称之为"乡下大人家",兹不赘述)。所以乡下房子的简陋,不消说,不能与城市并论的。我先言建筑,乡下人对之殊藐然,无所谓三行技艺,亦不需水木两作,这些乡下人,至少十之二三自己能造房子的。他们先以乱石为墙,围成一个广场,广场之内,他们可以群居的,或二三家,或四五家,这些邻家,真可以做到"守望相助,疾病相扶持"的。房子只是一大间,睡眠也在这屋中,吃饭也在这屋中。此外的馀地,便是农具储藏堆积之所需,锄头铁铲,长柄短柄,有时连水车也放在屋子里。如果是养蚕人家,虽也只在半间屋子里,那便不同了,第一要收拾得清洁些,蚕宝宝(养蚕是妇女的天职,蚕妇视之如儿女,故有此称)是娇贵的,要好好地看护它了。

饲养家畜

还有,乡下人家,多少总有养些家畜之类,如牛啊、猪啊、鸡啊、鸭啊,这虽与我现在所谈的"住之部"无关,借此却不妨来说一说。第一是要说牛,那时的农民,畜养一条牛,好比商界中一个店主,对待他一个忠实的老伙计(粤语"老臣子")一般。要它忠实地帮他种田的,自非优待它不可。但牛是庞然大物,不能在屋子里与它同眠同食,当然要一个牛舍或是牛棚了。其次说到猪,江南的农民,家中养猪的极多。但猪的形相不好看,而又不清洁,畜养的多时,又往

往一大群，也不好与它们同起居，所以也有了猪圈与猪栏，让它们去寝食与生育。不过我在浙江金华地方，见他们所养的猪，竟是穿房入户，来去自由。猪仔总是猪仔，形相不变，但它却有花色的，黑白相间，甚而有全白的，那看上去便干净点了。至于金华火腿名，与此并没有关系。

再要说到养鸡了，在古代直到如今，全中国的农民，想是没有一家不养鸡的。多的十馀只，少亦三四只，我所见到的农家，大概是如此。有两个原因：一是饲料问题，这些农人家所养的鸡，饲料极省。鸡是不养在家里的，它虽然到了黄昏时候，都要回家，白天都是巡游在外的。一到天明，它就闹了，只得放它们出来，有的喂以微少的饲料，它们就直向田野草原狂奔，让它自己去寻食。可是它们的副食不简单呢，食素则有谷场馀粒，食荤有草际虫豸。日之夕矣，各自归家，鸡群虽然夜盲，也不会误入邻家，于是正式的喂以一次饲料，即待明天报晓了。一是贸易问题，乡下人养鸡，不是图口腹之欲，为的是补助生计的。鸡蛋已成为世界副食的主要出品，且已流通于国际，而农民则养几只鸡，生多少蛋，花去若干饲料，也自有一番算盘。积少成多，或自己出售于市场，或有蛋行来收取，当时的情形如此，及至最近数十年间，各地有大规模的养鸡场、育卵厂，则又是一大变迁了。

养鸭的人家必须近水，凡有常识者都能知之。古人诗有"春江水暖鸭先知"的名句，我国江浙两省为太湖流域，港湾极多，农家养鸭者多，总是一大群，有百馀头，游泳于清溪碧水之间。故在当时的江南人家以鸭佐食者多，家常膳食中，亦都用鸭蛋。我在儿童时代，鸭蛋每枚为制钱七文，而鸡蛋仅为五文。至于今日，北方以填鸭中兴旧业，驰誉世界，咸蛋、皮蛋必须用鸭蛋，则仍守故常，未有变迁也。谈到农家畜养家畜外，又及于养鱼的一业，我国东南各省，处处有鱼塘，古语所谓"种竹养鱼千般利"者，即此语所由来。但此种养鱼业，仍属于农民，而不属于渔民，因其范围甚小，专养淡水鱼，不似沿海各省规模巨大的渔船，驶逐于长风巨浪间可比的呢。

小家庭

我在本文中，原是谈住的问题的，忽又夹杂着写到了农民畜产事业，思之自觉失笑。今又回转来，再述人生的居住，而家庭问题，总为居住的首要。如上所说，最近数十年来，那些大家宅、大门第逐渐的衰落了，摧毁了，大家也不再像以前的安富尊荣了。新中国解放以后，人人各有其职业，也人人必有其安居的住址。于是大家庭废而小家庭兴，亦为顺理成章的事。但是如何组织小家庭呢？更有切实的一问题，是多少人住居这一小家庭呢？

从前在封建时代，也有小家庭这个名称，一般富商显宦，讨了一位姨太太，金屋藏娇，这个居处，也有人称之为小家庭的（有的称为小公馆）。但这是畸形的不正当的，而今之所谓小家庭，是合理的，且要普及的。现在我新中国正在开始为各工厂的工人建造工房，为各乡村的农人规划农房，不能像以前那样因陋就简了。不过一个小家庭，应住居多少人呢？如何配合家人居住呢？这是一个问题来了。

有人创议道："一个小家庭，最适宜是住四个人。"这就是所谓"一家四口"制度。这确是人数再多，便不得称为小家庭了，但是这一家四口，如何分配呢？照现在一般人假定想法，这四人者以夫妻两人为本位，有夫妻及子女，子女年幼，不能独立，必依附父母，所以四口之家者，当以夫、妻、子、女四人为原则。有人问道："还有父母呢，对于父母便弃置不顾吗？"这问题真难答覆，而亦大可研究。如果说，父母年未衰老，别有职务，不欲与子媳同居。如果说，父母所生非一子，别有兄弟，迎养父母。如果说，父母已经逝世，不必再去讨论它。此亦是事实，而必欲穷究这个问题者，按之不免都为遁词。

现在说起来，我们中国工农阶级一家亦仅有数口，如《孟子》上所云："百亩之田，勿夺其时，数口之家，可以无饥矣。"此就农人而言，工人亦复如此。即就现代而言，也没有规定一家几口，其中却确是一家四口的为多，但也不能确定其夫、妻、子、女为四人。我常见有数家人家夫妻两人仅有一子或一女，而却有一老母，这也是一家四口呢。比如夫妇同时出外谋生，老母则在家看护其孙，老年人无不热爱孙儿的，如此则一家自见融和之象。至于姑妇勃豀，诟谇时闻，则又当别论。有人谓老母固欢迎，若老父同来，挟其家长之势，不肯作不痴不聋的阿家翁者，则亦难乎其为子媳呢。

醉心欧化者，则谓西方人的家庭，可供参考。西方人的伦理与中国不同，中国数千年来受儒教的精神影响，"百行孝为先"。而西方的伦理，则是平行的，以夫妇为重。故儿女成人以后让其独立，自择配偶，组织小家庭，与父母分家，故家庭经济也可以不管。但我是守旧的，我以为父慈子孝，本乎天性，也是我人固有的道德。西方人自有道理，他们重于利而轻于情，看到了他们的离婚案件的朝秦暮楚、夺产事件的阴谋暗算，虽是亲人，可以反面若不相识，这个伦理，亦足使人警惕。我新中国解放之初，颁布《婚姻法》，即申明子女有赡养父母的义务，我们岂可以盲从西方，只顾妻子，不顾父母。我读新闻纸，常见有巨贾名绅，妻妾满堂，而贱视其老父如老仆者。又见有那些富孀，夺其子之产而驱逐其母者，虽为西方法律所不禁，但请大家也要摸摸良心吧。

本谈居住问题，我忽又涉及伦理问题，发此空论，殊为可笑。但居住问题是与伦理问题有联系的。我国人民，守此传统的道德，亦已数千年了，虽在此一百年来，已大有变迁，但人心尚未忘本。我是看不到的了，也不能写什么未来小说，以预测将来世界变迁至何种境地，惟仰赖我国贤明人民，贤明的党政领导人，有以治理之了。

客　栈

我今又回写到住的问题了。家庭问题是属于定居的，此外属于不定居的尚有多种，我首先想到的是旅馆。有旅行就有旅馆，那是我国自古以来即有之，不自近代始，然而这百年来的变迁，也是不细呀。旅馆亦分上、中、下三级，就我所经历而言，我虽旅游不多，除了最低级的与最高级的以外，那些中等阶级的旅馆，我约略都住过。怎样是最低级的呢？如前文所言上海所见的"白鸽笼"，以及从前走旱道时荒村野店之类。怎样是最高级的呢？如近代的豪华大厦，和背山面海有多少套房的大饭店。记得我第一次离家旅行，就是到上海，那时还没有旅馆这个名称，只叫做客栈（按这个"栈"字，本为商家堆积货物之所，本为货栈，后因留宿客商，也就称为客栈），我所住的客栈就唤做鼎升栈。

这时上海那些客栈已经很多了，为了他们的商业

竞争，派人到各码头去招徕旅客，这和现在的旅行社一样，不过大小规模之不同而已。这个招徕旅客的人，上海人名之曰"接客"。我那时瞎天盲地，到上海也不知住在哪家客栈，小轮船一傍岸，就有无数接客蜂拥前来，手中各执一张栈单。我见其中一位接客，说的话是苏州口音，为人也和气，便接受了他的栈单，便是那个鼎升栈了。有了接客，确是有很多便利，你把一切行李交给他，他自能道地送来，而你一个人坐了人力车，照着栈单地址，自到这个客栈去了。不然，码头小工为了抢生意，把你的行李你抢我夺，闹得你头昏脑乱，一不小心，便被偷儿掯着你一只箱子走了。这个招待旅客之法，我想后来上海银行创办中国旅行社时，亦略师其意。语云："其作此也简，其将毕也巨。"扩张而广大之，旅行社今已普遍于国际了。

再说，从前旅馆要带许多行李，实在太麻烦，说与现在青年人，恐怕全不知道。那时离家出门住客栈，就是有四件行李是必需的，一曰铺盖，铺盖就是衾枕之类，因为客栈只有床架，没有卧具，必须请君自备；二曰衣箱，那时的衣箱，笨重不堪，非同现在那些皮箧的轻巧；三曰网篮，篮以竹制，面上张以一层网，旅人必备此,称之为"百宝箱",所有面盆、手巾、雨鞋、纸伞一切杂用之物,均安置其中,客栈中是不备的;四曰便桶,便桶即是马桶,庄子云"道在矢溺",我们不能如北方人的上茅房、登野坑,旅舍不备此物,惟有贵客自理了。比诸今日,其繁简作如何比例,劳逸作如何想象,只要手携一个手提包,可以走遍天涯海角,随处安身,仅不过数十年耳,变迁也可以说快了。

旅 馆

上海日趋繁荣,那些客栈也渐加改良了。如何改良呢?首先它不再称客栈而称旅馆或旅社了。旅客不必自己带铺盖,而也备有卧具了。但是这些被褥不敢请教,翻开被单来,五颜六色,有如水彩画,我还是宁可自带铺盖了。客栈时代可以与别一旅客同居一室,旅馆时代则独居一室,而且也可以携着太太或非太太作双栖的温柔乡了。此外别有一种旅馆,专门接待暂驻或过路的官场中人,因此也带点官气,侍役们虽是南人,而也弯着舌头强说几句官话,它的市招,则称为行台宾馆,似比改良旅馆高一级呢。

实在说来,上海的旅馆,一直没有进步,直到了辛亥革命以后,广东的一班大商家,来开发上海。在所谓公共租界的南京路(俗称大马路)开设了几家大百货公司,如先施、永安、新新、大新等,专售欧美商品,除商场以外,还都建设了大旅馆。这种旅馆便不同凡响了,那是特别建筑的四五层高楼,一切设备,都从欧化。上海一向所未有的电梯,也由这几家大旅馆创始(早先有沪商黄某开办游乐场"大世界",也装了一架电梯,凡游客要上下电梯者,须付小洋一角,是电梯亦为吃角子老虎所吞噬也,思之可笑)。总之人人都有好奇心,凡所未见者,都思一观,而况上海的旅馆,不满人意,一直没有进步,今似开辟一新天地了。

最可人意的,上海的住宅房子,纵颇有精美的,却从没有厕所与浴室,旧旅馆更不必说了。现在新设备的旅馆,大房间有独立的厕所与浴室,小房间有公用的厕所与浴室,有洋瓷面盆、洋瓷浴缸,还有抽水马桶,都是舶来品。冷热水龙头,昼夜不停,所以上海有些爱清洁的太太们,为了洗浴,特别来开房间的很多。南京路距离福州路(俗称四马路)不远,为花丛荟萃之区,新旅馆可以飞笺召妓,于是先生们对其太太走私，借此幽居，作温馨之同梦，亦自有之。所以这种新旅馆，真为各地到上海勾当公事的旅客甚少，而本地人的写意朋友，游冶青年，却居多数。一个大都市的风气所变，大都是如此者。语云："穷则变，变则通。"这也是时世所使然吗？

那是在上海的情形，北京与南京这两处，我也住过旅馆，而且有两家我也住得很长。先说北京，那个时候，旅馆已有了种种别的名称，最高阶级的则称之为"饭店"。我当时总想不出这个理由，明明是供旅客居住的，为什么要称之为饭店呢？饭店是专供吃饭之所，我们苏州有许多小饭店，花制钱几十文可吃一饱，上海也有"饭店弄堂"等等。但也不必讨论这个逻辑了，现在有一个词汇，叫做"约定俗成"，饭店就饭店吧。北京最先创办最为驰名的就是那个"六国饭店"，在东交民巷使馆区域而为外国人开设的。这个六国饭店史迹甚多，这里也不必去说它，我初次到北京，便去瞻仰过它，有人请吃饭，不说别的，里面的"仆欧"（西人的侍役，想是译音，有的地方称为"西崽"），装束得就是怪形怪状。那时已是民国时代了，而他们还是穿着清代的长袍，头戴瓜皮小帽，顶上有个大大

的红绒球，年纪已在四五十岁了，西人还呼之为仆欧，见之殊足令人愤慨。

饭店与旅馆

在内城有一家"北京饭店"，那是中国人办的，好似一个巨邸，门禁森严，官气十足，我以访友，曾经去过。门口有个传达室，你去访问朋友，必先经过传达室进去通报，如果不见，便说，某先生、某大爷出门去了。这一座大饭店，建筑的外型，全是中国式的，而内部的设备，颇多西化，在长长的走廊，一路都铺着地毯，室中的写字台、梳发椅等等，那就大都是舶来品了。室中也陈列着古董文物，悬挂着名人字画，多半是套房，大概是阔人所居住的了。至于我所住过而住得较长的，那是在前门外的东方饭店，那是一个由上海到北京去的姓邱的人创办的，虽亦号称饭店，规模却不大，里面的执职务人员，都是南方人，因此我们由上海去的人很多。我有许多朋友，也都住在那里。价钱很便宜，大房间每天五元，小房间三元半，包括你每日三餐。这三餐却是西餐，那时北京的西餐，比了上海的更要坏，我真吃得腻了，宁可找朋友去打游击战，吃小馆子了。我在这个旅馆，来来去去，断断续续，差不多住了有半年。但有一位朋友，住居这旅馆的时日，比我更多，他是包月的，人不在，他的房间便空关下来，照常付值。这是一位律师郭宝书先生。我常和他开玩笑："你的名字不好，宝书者，谐音包输也，律师大忌。"他笑谓人家亦如此说，我说可以改名为定森，定森者，定胜也，古人诗句有"天上玉堂森宝书"之句，也与尊名有关切。

再说南京，南京有一家旅馆住得最长，在城中心唤作西成旅馆，住了差不多近两年，不过家住上海，每月常有一次回家。西成旅馆完全是中国旧风貌，大概是把一所什么人家的大宅子改造的，既无厕所，又无浴室，幸有电灯与自来水而已。房间大大小小，七零八落，倒也不少，都是就这旧宅子改造的。住旅馆总是好群居的，这旅馆有一进，建成一排六楼，我住在楼上一间，而隔邻就是刘三（即刘季平），楼下又是杨千里所住，这就不寂寞了。不过刘三的房里有太太，除太太外，还有一位姨太太，齐人有一妻一妾，而妻妾可以同住一房，亦为破天荒的事。杨千里好开玩笑，

蹑手蹑脚从玻璃窗里窥视他们,见他们默然端坐,便耸肩摊手作一怪状,语我道:"他们相敬如宾"。后来刘成禹也住到这个旅馆来了,他是谈锋很健的,也有他的朋友来住,因此朋友就愈来愈多了。

在住的一部分说,当然以家庭为主,而旅馆实为之副。将来旅馆的发达,可以预见。我国儒家,对于治国平天下,则曰:"定而后能静,静而后能安。"(见《大学》)今之时势则不然。人是动物,动物就要行动。我在儿童时候,在亲戚中见许多长辈,年已五六十岁,须发斑白,而从未走出家乡一步的,比比皆是,即使是读书人,也自己掩护道:"秀才不出门,能知天下事。"这是掩耳盗铃,自欺欺人而已。在现代,人必须旅行,旅行必须有旅馆,此其一也。在从前,一班高层阶级、暴发户或官或商,自己必须建一大宅子,除自住以外,也可以招待亲戚朋友。现在这个风气没有了。在中华人民共和国没有什么大户人家、小户人家,一律平等,不必说了。就在本地风光的香港而言,即使是至亲好友,远道见访,也不敢望门求宿。为之主人者,宁可请吃一顿饭,抱歉地说:"蜗居湫隘,不足以亵尊驾。"这位亲友,也只好自投逆旅了。

住之部

睦邻制度

从反面来说，旅馆也成为罪恶之薮，奸盗邪淫，往往就出生在这种大饭店、大酒店中，尤其是在中国的所谓殖民地、租借地，数见不鲜。但这是畸形的、逆流的，不是顺序的、进化的。试观将来，人类的居住问题，将轻家居而重旅居，亦是难说。还有一说，从前我国女人大多数是不作旅行的，不住旅馆的，现在已是大加开放了。学了外国人的礼仪风俗，大之如外交界的宴会，小之如探访家的游观，先生到哪里，太太也一定到哪里，就这样计算，住旅馆的差不多又多了一倍人，何况妇女又不是不许独居旅馆的，只要你是正派的，无邪的，即使开了长房间，作为家居，亦无不可。这不又是旅馆将来发达的预兆吗？

根据现代的情况，各大都市，都在闹屋荒问题，不独是中国，外国也是如此。就目前我们所居的香港而言，把四百万人口，集中一个区域之内，几至无可转身。觉得横里发展，不如竖里发展，可以获得厚利，于是这班企业家、置产家，大造其高房子，作为"低收入家庭"的住屋，一座高楼大厦，真像一个大胡蜂

巢。群居杂处，对于治安问题、清洁问题，以及邻居问题等等，便生出许多事故来了。谈起邻居，我又想到了百年变迁的事。我在儿童时代读《论语》时，读到孔子所说："里仁为美，择不处仁，焉得智。"先生就讲解道："住家对于邻里是最要紧的，如果住到一个不好的邻里那里去，这就不是一个智慧的人了。"后来到了孟子时代，就有"孟母三迁"的故事。那已家喻户晓，不必说了。所以我们自古到今，传统下来，一直是尊重邻居的。

我们家乡有两句成语，叫做"金乡邻，银亲眷"。意思是乡邻还比亲眷为尊重。还有两句说得更亲切的，叫做"乡邻碗对碗，亲眷盘对盘"。这个成语，想是主妇们的创作。那时候，苏州的风气，每遇节日，亲戚人家要送礼的，这个名之曰"节盘"，今日你送来，明日我送去，甚至礼物已毁了，还在送来送去，殊为可笑。但是乡邻不送礼，可是遇到同居的亲爱的，志同道合，意密情稠，今天烧了一样菜，特别而新鲜的，便送一碗给隔壁姐姐。明天对门嫂嫂，也许想起前情，烧到好菜，也回敬你一碗了。这便是"盘对盘"、"碗对碗"的解释。还有，我们家乡的风气，凡是迁居新屋,必要拜会四邻,以示亲切。在先,真是具衣冠,同拜客一样的拜,后来简单了,送一张红纸名片,而且还有馒头糕点,馈送芳邻,家有喜庆,延之上座,虽在封建时代,对于邻人却无分阶级的。但是一到上海,这种睦邻制度,完全消失了。再到香港,有同居一楼二三十年,而姓张姓李,渺不相识的,这又不是百年变迁事吗?

中外居室概观

我在香港蛰居已二十多年了,初来的时候,也没有见到这许多高房子。在二层楼上,便可以看到近山远山;更上一层楼,海上风帆,历历在目。继而高房子渐渐多起来了,从七八层而十馀层,从十馀层而二十馀层,现在三十馀层已视为常事,当与欧美各国比高了。而我的小楼一角,四周被围起来,近山远山不见了,海上风帆也无视了,甚而至于冬日阳光,也不能穿窗棂而入。但是我也增加了眼福,看他们填海,看他们凿山,那是大陆城市间所看不见的事呀!我正赞叹住居香港,正是福地,而香港的富商豪贾,亦觉

自命不凡，说这些新来的避乱难民所望尘勿及的。既而就新闻所载，说这些新大厦的背后，就是贫民窟；旋又就友朋所述，说这些大厦的头顶，也有了贫民窟；更进一步，说到即使是大厦的中心，也不免有贫民窟。于是"一家八口一张床"的新词汇，便传诵于人口了。难道只二十年来，便有如此变迁吗？

我从未曾到过欧美各国，我也不相信外国的月亮格外的圆。不过一般人都说白人是世界高贵的种族，所谓"富润屋，德润身"，住居当然也得优厚些。据最近这班美籍中国人回来说，美国的住家，不靠这些大厦高房子。做官发财人家，住的都是上海人所说的"花园洋房"。汽车开进去，要走一段路，林木繁茂，碧草如茵，且甚幽静。不但有此大家宅，冬天到南部避寒，早置有别墅，夏天到北方避暑，也筑有精舍，这样的享受可要问几生修到。至于一般普通人家，大都也须有客厅、书室、卧房、盥洗间、厨房、储存杂物室，必不可少的还需一个汽车间。因为像美国那样，凡有职业者，家中不能不有一辆汽车呢。不像香港有些白领阶级，居室仅有卧房一间，而却有一辆二手汽车，天天喂老虎（吃角子老虎），徒叹"苛政猛于虎"了。

但最近闻美国也闹着屋荒,他们也关心到这个问题了,首先就在讨论如何解决"低收入家庭"的住屋问题。所谓低收入家庭者,就是他的收入低微,不能住居合乎标准的住宅,便堕入了贫民窟了。他们的设计,说要在一九七八年前,完成它的目标,建造或迁徙约二千六百万个住宅单位,可说是一个远大的计划。不过这个计划能否实行,要看国家的前途如何,人民的住居问题,与国家的政治经济问题息息相关,已为众所共知的事实了。也由在美的华侨回国谈起,美国的居住问题,也有种种艰困,为了种族关系,美国人不喜欢与黑人住在一起,凡有黑人住居的地方,房屋价值就下跌,譬如有一条街,整整齐齐都住着白人,一旦有黑人搬进来住,白人只好纷纷搬出。因为现在也实行民权法案,房屋空出,房东不能拒租给黑人,如果拒绝,就要吃官司。还有,牵涉到战争时代,要供应战时工作人员而多造房屋,尤其是供应战后复员军人的住屋问题,有几百万几十万黑白军人,如何安置,也煞费苦心呢。

我以年老笃疾,蛰居南海之滨,瞻望祖国,忆恋

故乡，对于这个住的问题，亦常萦梦寐。解放以后，由于党政领导人的悉心规划，人民社会的齐力改革，对于旧时代的居住问题，基于平等、团结、整齐、严肃的宗旨，早已知去除陈腐，一改旧观。近岁以来，凡世界各国，无论是政治家、经济家、科学家、技术家到中国来访问参观的，无不加以称誉，我们朋友遍天下，众口一词，可以无憾矣。最近我有一友，是美国一青年，亦曾巡游大陆回来，盛道新中国道路的修洁，屋宇的安适，虽在农村田舍，亦复整洁异常。他也曾到了我的故乡苏州，他说，如入一大花园中，山青水碧，柳暗花明，即一灌田老翁、卖花女郎亦大有诗意，北望桑榆，不禁馨香祝之。

行之部

行之为义大矣哉！按照字体而言，左步为"彳"，右步为"亍"，合之则为"行"。这是象形字，若写篆文显见双脚在行动呢。在《辞源》上，解释此"行"字之为用，有十九条之多，关于此"行"字的音义，亦有四五种。就"行"之本义而言，原为人的行步，以后就变迁多了。譬如"行"字本为平声，用到人的"品行"、"德行"上，则成为去声。又如军事上的"行伍"，写字人的"行款"，则读如"杭"音，什么"银行"、"商行"，也读如"杭"音。我在儿童时节，见阊门外"猪行"、"鱼行"在"行"字中加上一点，写成了"行"字，不明何故，问了他们，答道："不然，我们这个行太觉空虚，加上一点，比较充实点儿。"这好比广东人以"有"字中心少二划，成为"冇"字，便作"无"字解，较为简便。谁说这个方块字是仓颉造的，一定是要一笔不苟，只要简便，大家就通行下来，有何不可呢？

闲文少叙，我现在谈衣食住行百年变迁中的"行"

字，却是要从"行"字原文两脚走动开始。人自呱呱堕地以来，最先是不能举步的，不及一年，就能扶床学步了。在未能举步的时候，在我故乡，有两种工具，一曰坐车，一曰立桶。坐车有两种，都以竹为之，小型的一种，作长方形，下有木轴，可以推之使行。大型的一种，作圆形，高高的可以置玩具、置食物，而无木轴。立桶以木为之，亦有两型，一是圆形，一是方形（方形者又名为立柜），顾名思义，便即知坐车使孩子坐，立桶使孩子立，而步行之法不及。而使之步行的教练却是很简单的，用一条衣带，把孩子拦腰一缚，让其前面冒险而进，后面只紧紧地拉住带头，便可以无虑了。我想推而广之，什么样教育方法，也不外乎孩子学步。少年人往往不知进退，盲跑乱撞，幸赖后面领导人矫整其脚步，使之入于正道。

为了孩子学步，有许多舶来品，进入中国来了，的确其灵巧便捷过于我中国旧式。当然孩子与其妈妈都欢迎之，不仅此也，又有什么小单车，小跑车，作为儿童们进步之助的，也倾销来了。矜奇闹巧，五花八门，玩具用具，层出不穷，走入百货公司，为之目迷。我于此种品物，所知甚少，不必费词了。不过行之一事，自少即须学习。即从旧中国说起，所谓诗礼之家，儿童们十四五岁的时候（那时候的儿童，称之为成童），也要教他以规行矩步，进退周旋，不能再乱窜乱跑了。我有一位朋友，从前到欧洲去调查小学制度的，他曾告诉我，德国的初级小学，每星期有一课目，唤做"学走路"，大概是一位白发苍头的老教师，率领了一群孩子，在马路上兜一个大圈子，教他如何趋避车马，指点他们路傍商店市场之类，这也是开蒙教育呢。

至于成人，人事繁颐，世务纷纭，两脚不能担任这许多事，便需要代步了。怎样觅取代步呢，在我国封建时代，就是以别人的脚，代替自己的脚了。这一个时代很长，直至于今，尚有留存。说起来是不应当的，但也有不得不然的。我是生长在苏州的，在儿童时代，从未看见有车子，却只见有轿子，坐轿子的行为，就是以别人的脚代替自己的脚了。为什么不能有车子呢？有两个原因，一则是苏州的街道都是石子路，而且即在城市间，也有许多桥，桥是都有阶级的，也不能行车。二是苏州的街道隘狭，即使二辆人力车，也不能并肩而行，于是只有坐轿子了。或曰："要避去这个'人抬人'，以自己高贵的脚，使用别人低贱

的脚,这种不平等事,也可以畜代之,骑马难道不行吗?"可是在城外或可勉强,城内简直是不行。玄妙观前,是城中心最繁盛热闹的一条街道,两边店肆林立,它们的招牌,矗出檐外数尺,金碧辉煌,还都是名人书写。不善骑的驱驰其下,往往一不小心碰得你头破血流,此是常事。

坐轿的等级

还有可笑的事,苏曼殊有骑驴闻笛入姑苏图,那是以诗意入画,未必真有其事。但城外确有一跑驴场。有一次,有一位先生跨驴入城,这种驴子,生性刁顽,善骑者可以控制,不善骑者,一上背便知你是门外汉,发其劣性。行到观前街,那边有一家浴室,从一条狭衖中进去。驴忽窜入狭衖中,不能转身,驴背上的人更为惶急,在此进退两难之间,幸有多人为之帮忙,这比了灞桥风雪不是大煞风景了吗?苏州尽多那些有闲阶级,写意朋友,真是"饱食终日,无所用心",时常到观前街散步一回,流览景物,吴人称之"荡观前"。若是绅商人家的纨袴儿,则喜欢骑马,一鞭斜照，顾盼自豪。有一天，正在闹市的当儿，忽有一怒马飞来，踏翻了一个水果摊，并伤了人。那时候，苏州并没有警察，也没有市政，诉诸绅士，禀明地方官，从此以后城内再不许有人骑马，让轿子独出风头了。

讲到轿子，在苏州可谓特擅胜场，在北京虽然对此有一切典章体制，但大都是官样文章。我不知我国的有轿子，始于何时，《左传》上有"鹤有乘轩者"一语，或云轩即轿也。《汉书》上有"舆轿而隃岭"一语，或云舆轿也。故轿之别一名称，即曰"肩舆"。但我知明代则彰明较著已有轿子，我读蒲留仙《醒世姻缘》小说，他记载着北京的江米巷（后改交民巷）即为明代轿子店聚会之处（大意如此，词句已忘），我甚腹俭，未有所知，好古之士，当有考据呢。

我今要略谈轿子的掌故。自满清入关以后，就规定了轿子的制度。轿子有黄色的，有绿色的，有蓝色的，有黑色的；也有八人抬的，有四人抬的，有二人抬的。皇帝、皇后、亲王、郡王等坐什么轿，我不赘言。以言官制，凡是一品大员，坐绿色轿，八人抬之，自二品以下一切官员，只能坐蓝呢轿，以四人抬之。其馀平民只可坐黑布轿，二人抬之。所以凡是外官，

总督与巡抚都是一品大员，可坐绿色八人轿，其下如藩、臬两司以及道、府、县等官，只能坐蓝色四人轿了。但还有一个特例，凡是一位学政、织造，或三品以上的钦差出京到地方，也可以坐八人轿。织造不去说他，他们都是旗人。学政要是新翰林放出来，不过七品以上，我从未听说过他们坐过八人轿。

太太小姐爱"飞轿"

我何以说轿子在苏州最擅胜场呢？我以为苏州的绅士多，也是一个原因。凡是所谓缙绅之家，他们的宅子里，总有几肩轿子，有的还有轿厅，都是蓝呢轿没有黑布轿的。太太们出门不说了，老爷们、少爷们出门也要坐轿子。拜客、宴会、庆贺、吊丧，一例要坐轿子，与现在有私家车差不多。有这样的情形，抬轿子的轿夫也就多了，据说城厢内外有二千多轿夫，我也不知其数。有的人家，把轿夫养在家里，名曰"长班"；有的人家，临时召唤，而也靠定一人为领班，名曰"靠班"。说来你或不信，苏州有些富豪人家的太太小姐，喜坐"飞轿"，所谓飞轿者，行走得快，像飞的一般,这就与现在赛车赛船一样的玩意儿。但是虽然要快,还是要稳,那时这班轿夫就显出技术来了。他们把一大满碗的清水,安放在轿子中心的坐垫上,两人抬了,飞快地跑了一二里路,而碗中的水不泼出一点,方为上乘。这个功夫,可也不容易呀。

我前说,清制一品大员可坐绿呢八人轿,但在家乡,他决不坐绿呢八人轿,也只坐蓝呢二人轿。苏州曾经有许多内阁大学士告老还乡的,他也难得去拜客,只有人家去拜望他。据说,有一位某阁老,在家乡轻易也不大出门的,为了一件地方公事,要他去见抚台,这个抚台,还是他的年侄呢。他家里为他备了一顶绿呢二人轿,他糊里糊涂地坐了,到抚院顶门而入。后来为乡间人士所讥诮,说他不该在家乡坐绿呢轿,傲视乡里。而且绿呢两人轿不合体制,实所创见。再说,在轿子的制度中,最低一级是黑布轿,但在苏州,我不曾见过有人坐黑布轿。最普通的是蓝呢二人轿,可算是平等了,但奴仆们不得坐轿子。当时,有一仆妇,傲示于人道:"我今日也坐了轿子。"原来她是为主妇领养孩子的(吴人名曰"干领"),小孩四五岁,不能坐轿,她是靠了小主人的福而已。我于轿子的故事,

说得太多了,此亦连类及之。总之自己虽有两脚,而必用他人之脚走路,甚至成为制度呢。

我在九岁以后,轿子以外,始见了车子。是什么车子呢?微乎其微,说来可笑,就是那种人力车。因为那时父亲有病在上海,我们举家雇了一条民船去探病(那时小火轮还没有呢)。从苏州到上海,要走三天两夜。在苏州河的岸上,就是人力车。那时的人力车,上海人唤它为东洋车,因为是最初从日本流行过来的。两个大铁轮,在马路上行走,沙沙有声,车身很高,人坐其上也不大安贴。拉车的人就叫做东洋车夫,每人穿一件青布马甲,背后有号码,这号码与他所拉车上的相同。我那时幼稚的思想,以为这比苏州的轿子好得多了。苏州轿子要几个人抬,至少要两个人,而这个车子只要一人。苏州轿子抬起抬落,上轿出轿,多么麻烦,而这个车子一踏上去,就飞跑了,何等简捷。

上海的黄包车

东洋车后来又改良了,不用铁轮而用胶轮,车身放宽而改低,上海商人,自己设厂制造,改名为黄包车。拉黄包车的是何等人呢？不用说得，是穷苦的人了。就上海这些拉车子的人来说，大多数是苏北（上海人称江北）一带的人。当年水旱不修，连年荒歉，都是逃荒到上海来的。这拉车子是很伤身体的，不但手足用力，全身都要用力以及内脏。所以有些人不愿为此，而这些江北苦哈哈，为了饥寒交迫，也只得俯受了。后来中国各地也都有人力车了，有的人想，有别人的脚在代替走路，何必再有劳玉趾呢？不说别人，我也是常坐人力车的，我在上海住居英租界，到老西门（那是华界）去教书，要经过法租界就得换车子，由法租界到华界，又得换华界的车子，若是不坐人力车，一定是这一点钟脱课，而使学生们发生怨言了。

但是我们那时候，有一位发誓终生不坐人力车的人，这位先生我常常在马路上遇见他，走得汗流气促，脱了马褂围在手臂上，而终不肯一坐人力车。他是在法国办勤工俭学会的，主张自由、平等、博爱三大原理，坐人力车，以劳苦人民的脚，代替自己的脚，可说是最不平等，所以力守此戒。有一天，我在沪宁火车上，遇见了他，偶谈及此事，我开了他一个玩笑，我说："×先生不坐黄包车，黄包车夫在骂你呢。"这

位先生道:"那也只好让他骂了,子产济人,安得人人而悦之。"我当时很悔失言,他是长者,我不该唐突他。可是我的话,也有些道理,人家岂是甘心情愿来做这个伤身吃苦的生涯的,为了吃饭,为了养命,所以来拉这黄包车,如果大家都不坐他的黄包车,他将如何过活呢?这个道理,人人都想得到的,就只怕人家不去想它罢了。

三种人欺负人力车夫

至于人力车夫的受虐待,数见不鲜,而尤以上海为甚。就我所亲见的,有三种人:一曰巡捕,巡捕就是警察,当时中国还没有警察这个名目,却先已有了巡捕这个职权。上海那时有三种巡捕,也可以分为上、中、下三级。最高级的是白种人,多数是英国人;其次是印度人,头包红布,面目黧黑,上海一般儿童,呼之为"红头阿三";又次则为中国人,各地方人都有,据说最多是山东人,我未详考。但是虐待人力车夫的,可说全是中国巡捕。我在马路上,常常看见他们殴打那些拉车人,在我住居的地方不远,有个停车站,我刚走到那里,见两个黄包车夫在互相扭打,为的是什么?自然是争夺顾客抢生意了。那顾客看了他们在相打,雇了第三者的车子远去了。走来一个巡捕,不问情由,把相打的两人,每人两个巴掌,喝道:"滚!一个向西,一个向东,不许回头!"那两个车夫,一无反抗,摸摸面孔,各自拖了车子走。

这个巡捕却不是山东人,而是上海本地人,是一个老巡捕,当差怕已经有二十多年了,常在这里巡行站岗,我就说他:"他们相打,你应该劝开他们,不该殴打他们!"他说:"先生!他们这样的死斗,劝得开吗?即使劝得开,他们都向你来诉理,我们当巡捕的,只知拉人,你要讲理,到公堂上去,我们不管。"我说:"但是你不该打他们。"那巡捕道:"我每人打他两记耳光,已是照应他们了。照例,两人相打,要两人拖着车,押到巡捕房,明天解公堂。要讲理吗,公堂上问也不问,只判决每人罚两三块钱,这还不算,至少你两天不能拉车子,做生意。他们这些江北佬,都是做一天,吃一天的,怎能有两天不做生意,而且还要罚钱。我这每人两记耳光,把事就解决了,岂不是很照应了他们吗?"我被他这个强词夺理的话,说得哑口无言，因为我责备他的是理论，他答覆我的是事实呀。据说，上海巡捕房有个不成文法，那些巡行站岗的巡捕每一个礼拜，一定要拉进若干犯"违警罪"的人，若是少了，上级便不满意。所以他们看看这礼拜拉得人少，便在马路上乱抓人，最倒霉的便是做小生意的和小贩、黄包车夫了。

二曰洋人，洋人就是说欧美各国人了。上海那时有个英租界（后来和美租界等合并，称为公共租界），以英美人为最多，另有一个法租界，是法国人别树一帜的。那时在上海的英美人，英人以办公务的人，与营商业的人为多数，美人以传教义的人，与办学校的人为多数。其他各国的人，均属少数，总而言之，均称为洋人。洋人有好的，也有坏的；有良善的，也有凶恶的。我所说的虐待人力车夫的，就是那班坏的凶恶的洋人。上海黄包车夫对于那班外国人是欢迎的，他们跳上车来，也不讲价钱，提起来就跑。因为外国人是肯花钱的。也不知道要跑到什么地方，坐车的人把手中的"司的克"东指西指，还怪他跑得慢，把皮鞋脚踹他的背心。好容易达到目的地，是一座大洋房。他跳下车来，不名一文，扬长一走，进门去了。车夫还以为是教他等着,必有重赏,谁知杳如黄鹤,这种事是常有的,不是少见的。

三曰水手,来了一条外洋船,水手三五成群,上岸游玩。那些洋水手坐车子向来不付银的,车夫们也都知道,所以远远地见这班白衣人来了,都想远而避之。可是他们一哄而上,那里能避得掉。他们真的要坐车子吗,也不是,只是出于好奇心而已。有时抓到了几辆车子,叫那个车夫,坐在自己的车子上,他做了车夫,在马路乱闯,和他们伙伴赛跑。车子跌翻,车夫跌在地上,甚至跌伤,他便哈哈大笑,一溜烟跑了。有时那些水手喝醉了,睡在马路上,也没有人去理他。他们的宪兵来了,谁去扶他起来呢?又是黄包车夫倒霉,命令车夫们,把他们似装猪猡一般,装在车子里,也是尽义务的。至于拳打脚踢,那只是家常便饭而已。

上海曾时兴马车

关于轿子与人力车,说得太多了,现在我且说不以别人的脚,代替自己的脚,而以畜牲的脚,代替自

己的脚。除了骑马、骑驴、骑牛之外，进一步，便有马车、骡车、牛车之类。北方的骡车，乡村的牛车，我都不曾坐过，上海的马车，我曾坐过几回。我九岁初到上海，第一次就坐马车，那个时候的上海，马车也是舶来品。凡是从内地初到上海的人，有两个节目，一是吃大菜（即西餐），一是坐马车。我们坐的是皮篷车（敞车），上海已有马车行，专为供给人雇用的。至于轿车，非外国的大班阶级，中国的买办阶级不备。并且置一马车，也不简单，先要养一匹马，还要雇一个马夫，哪有现在汽车的简便呢。这时候，上海汽车还没有，那些高贵自命的外国人，乃以马车矜奇立异，骄示于众。我记得某一年的跑马节日（按：当时上海跑马分春秋两季，在那个节日，四方士女，都来看跑马，是一个盛会），我见到一辆马车，马身上扎了彩，红红绿绿。车子也是金碧辉煌，这还不足为奇，最奇者把这个马车夫，打扮像中国官员一般，穿了金绣的袍子，戴上一顶凉帽，紫色的纬，绿色的顶珠，真是令人可笑而可恼。一问起来，说是某国领事太太的马车呢。

我今进一步由马车而要说到汽车了，连在这"行"字上，可算历史较长的了。而且脱离了人力、畜力而取资于物力,这当然是世界文明社会创造的功劳。我有许多朋友,都是坐有汽车,而我却还是以别人的脚,代替自己的脚,坐着一辆不文明的自置人力车(上海人称为包车),即以我同业报界中人言,除了"安步当车"以外,即几位报馆老板,也是如此。到后来,申报馆的史量才,有了汽车了;新闻报馆的汪汉溪,有了汽车了;时报馆里狄楚青,还是老爷式人力车一辆。人家劝他,上海报界,以"申"、"新"、"时"并称,不坐汽车,未免逊色。他说:"报纸上常说,汽车撞死人,未免罪过。"他是信佛教的,后来徇人家劝,也自置一辆汽车,有人说他钻进汽车里连忙念阿弥陀佛不置。又向他的汽车夫说道:"开慢点!"汽车夫道:"老板,开慢点,一样可以闯祸的。"后来他的汽车,不知如何与人家一撞,震碎了前面的挡风玻璃板,就此不坐,人家以为笑谈。

汽车的故事

关于汽车的故事,我所闻见的很多,那时上海市内交通,属于私家的,就是这三种车子。一为人力车,

二为马车，三为汽车。汽车是新流行的，马车在过渡时期，只是少数，人力车当然是最多数。这时上海有位大富翁，姓周，今隐其名，家资数百万，年已七十多。人家劝他坐汽车，他说："上海马路平坦，人行道似家中厅堂一般，何必要汽车。我在近处，自己两脚还可以走路，远的地方，一辆包车，也足够了。"大家知道这位周老先生虽然富有，但素性俭朴，只得罢了。但是他有几个儿子都有职业，整理家产，他们早置有马车。他有两位孙少爷，也已新买了汽车，老头子都不知道。有一天，人家请他吃夜饭，他坐了自己的老爷包车去了。回来时，将到自己家门，有一辆簇新的汽车，挡在前面，车尾的灯光照到他的脸儿。他怒骂道："汽车！汽车！又不知谁家的纨袴子，父母不知教训，都出了这些浪荡儿。"其实拉他车子的车夫，早知道是他孙少爷的汽车，只不敢告诉他而已。

那个时候，洪深在上海明星电影公司编剧，影射了这一故事，曾编成了一部电影剧，我曾看过，但剧名则已忘却了。这个故事是颇具有戏剧性，与时代的变迁，也很有关系呢。我不喜欢坐汽车，与这位周老先生志趣相同，但他是富翁，我是寒士，即使喜欢，也买不起什么汽车,何必说这些现成话。可是我常见和我一样买不起什么汽车的人,谈起来却头头是道,什么牌子,什么型式,好像一位兜卖汽车的经纪人,则其艳羡汽车的心情可想。再有,凡是本为人力车车主,而晋升为汽车车主的朋友,其欢愉得意之状,好比新娶得一位姨太太。我在应酬场中,席将散时,每遇熟友,常招呼我道:"您府上在哪里?我可以送您回府呢。"至此,我便知道必是他新买有汽车了。他不招呼别人而招呼我,知道我没有汽车的。我说:"谢谢!不必了!"他说:"没有关系,便当得很。"我被他强拖直拉,怕得罪朋友,只得从命。到了车中,他总是称赞这辆车子,又新型又好,又价廉又巧。当时的风气,坐了朋友的汽车,对于他的司机必有所犒赏,方合体面,我也不甘示弱,掏出两块钱来,主人大高兴,高声呼那司机道:"谢谢某先生!"

我虽不喜欢坐汽车,但有时亦不得不坐汽车。有一个时期,我住在上海法租界爱麦虞限路(按:爱麦虞限,是意大利国王的译名,今此路已改为绍兴路),却常常要坐沪宁火车到南京去,这不能不坐出差汽车(香港称为"的士")的,何谓出差汽车,这又不能不

释明一下。原来自从上海流行汽车以来,有钱人家可以自置私家汽车,一般居民,当然无此财力。于是上海商人便开了不少的汽车行,随时租给居民应用。此外地方上设备了公共汽车(香港称为"巴士"),巡行各市区,到处有站,以便居民,不用说了。且说这个出差汽车,不似香港的所谓的士,可以沿路搭客。它是停驻在汽车行里,听候人家打电话来召唤的。我们常常打电话到一家汽车行去召唤,我已忘了它的行名——可能是"祥生",但它的电话号码至今我还记得是"三〇一八九",我家孩子们叫得熟了,呼之为"岁临一杯酒",一打电话,快捷得很,不到五分钟,车子已经停驻在你门前了。送到北火车站,价钱是划一的,一元二角。一元是车资,二角是小账,一无兜搭,直奔火车站,我觉得比了香港站在马路口,呆等过路的的士,要痛快得多了。

草创时期的火车

那是我住在爱麦虞限路的情形,当我住在爱而近路的时候可又不同,一踏出门来就是火车站,再便当也没有了。我初到上海的时候,住在爱文义路,后来住在爱而近路,再后来住在爱麦虞限路,这些路名都是爱字当头,朋友和我开玩笑,说我是三爱主义,爱情浓郁云云,可笑也。可是我最高兴的莫如爱而近路,当北京和上海直通火车以后,我从家里出来,穿过界路,就是火车站,坐上火车,可以从我家里一直到北京前门外东车站然后下车,这是何等称心省力事呀。我在上文谈了一些汽车的事,我今再谈谈火车的事。

当我最初从苏州常到上海的时候,还没有火车,却是走水路有小火轮,十三四小时可达。后来沪宁铁路建筑起来了,先通了苏沪一段,旅行人称便,从上海到苏州,只需两个半钟点(如特别快车,只需两小时,当天可以来回),也分头等、二等、三等三个等级。价目是头等一元,二等六角,三等四角,头等与三等,是否如此价目,我有点模糊,不过二等的六角,我还记住,因为我往来苏沪的次数多呢。沿路各站,逢站必停,自沪至苏,有南翔、黄渡、昆山,以及各小站,当然车行的时间不同,价目亦不同,无需赘述。既而铁路建筑到无锡,到常州,到镇江,一直到南京为止,总是在长江之南,便是江南的第一条铁路的沪宁铁路。

那时的铁路在草创时期，火车也未能尽如人意，后来渐渐的踵事增华。自从沪宁通车以后，便有了食堂车，有西菜，有中菜，听客选择。还有许多先生，不喜西餐而喜中餐的，自己家里烧了菜，装在热水瓶里，一面喝酒一面开窗看沿途乡村风景，正是写意之至，不想在火车中，也有"开轩面场圃，对酒话桑麻"的孟浩然诗意呢。往来苏沪间，也以玻璃杯奉上雨前茶一杯，取价二角。但吴人好俭，以坐二等车，车资仅六角，乃一杯茶竟达三分之一，以为不合算，有谢绝之者。可是茶已冲开，自己亦不能作牛饮，这些侍者大有不愉之色。后来我乃献策："你们玻璃杯里，只放干茶叶，不冲开水，客即不饮茶，岂不是亦无所损吗？"后竟如我言，且作一小包置玻璃杯旁，客不饮，即取去，无所损也。

沪宁路上三等车

在沪宁路上，以三等车最为热闹，数亦最多，因沿路一带多乡村小市镇，出入往来频繁。近上海的几个小车站无论了，即过苏州到无锡，由无锡到常州，也还是乡镇密集之地。三等车以农人居多数，向来以肩挑背负上市场的，现在有了火车，省力得多了。车厢中塞满了蔬菜瓜果，还有鱼米鸡豚。尤其是到了岁晚时候，乡下人每每把他自己所养的鸡，带到城里来，送给乡亲和地主，车厢里一时鸡声此起彼和，令人可笑。二等车客亦多，那是所谓中等阶层的人，有的带着家眷，有的携着友朋，笑语喧哗，自是热闹起来了。可是头等车里，人总是很少的，除非有什么官绅或者是外国人，常常头等车厢里，空无一人。

据我坐过的火车，以沪宁车次数为最多，到苏州，到南京以至北京，都要坐沪宁车。自从沪杭车通行以后，我便与西子湖更为亲近，记得有一年去了七次之多。这沪杭车是我中国人自己办的，是苏浙两省人士合作办成的。早先，我在山东青州府办理官中学堂时候，坐过了胶济铁路的火车，那条路是德国人办的，所谓胶济路者，乃是从胶州湾一直筑到济南而言，青州府恰在该路的中心点，所以只经行半条铁路。到北京去，那是津（天津）浦（浦口）必经之路了。东北却没有去过，是生平的憾事。在台湾，坐过几次火车，全是游观性质，有一次，从台南回到台北，只一夜天功夫，

已算长途旅行了。在国外，曾坐过日本的火车，到哪里去，早已忘却，那时日本的火车设备一切还不及中国，而管制精严，处理周详却过之，想今非昔比了。

我以为坐火车最有兴味，略举数事如下。第一，在车窗外可展览农村风景。刚瞥见小桥流水，又忽睹古渡斜阳，只不过路转峰回，已越过了前村后舍，我们久居城市的人，为之心目一爽。第二，如果是独处无伴，可以打瞌睡，看小说，一觉醒来，便已到站了。如果有伴，则上天下地，高谈阔论，亦无人禁止你。第三，观察同车人。或者是一对情人，相亲相爱，旁若无人，自有他们的小天下；或老夫少妻，儿女一大群，闹闹嚷嚷，亦足见其众生相。而最巧妙的，莫如火车中忽然遇见有十年不见，甚至有数十年不见的老友，欢然道故，诉说年来近事，正是今雨不来旧雨来也。

蜜月车花团锦簇

以上数点仅能于日车见之，夜车不能见的，但是夜车也别有意味。先是津浦车有卧车，既而沪宁火车亦有卧车（自国民政府定都南京以后，沪宁车已改名为京沪车了），这班夜车，大概在吃过夜饭后，十一点钟左右，对方同时开车，到明天早晨七八点钟即达目的地。另挂有卧车，必须预先定座。卧车之制，有一厢四榻的，上下各二；有一厢二榻的，上下各一。需要卧榻的，于原来票价之外加二元。男女分厢，但以妇女们那时旅行坐火车者甚少，大概都是取一厢两榻的。不过若是夫妇同行，可以申明在一厢两榻之间，双栖并宿的，是否真夫妇，那也不去管他们这笔账了。据说，沪宁车上还有一种"蜜月车"，因为百年来我中国的婚姻制度也变迁了，结婚以后，要到别处地方去度蜜月，那少不了要坐火车了。路局中人为了人情味和生意眼，要把这卧车厢，装饰得花团锦簇，这可能不是一厢两榻，而是一厢四榻，因为新婚燕尔，总要并头而眠，还要上下其床，似乎有些不合理想了。

火车以外，又有所谓长途汽车的，较长者我坐过两次。一是在台湾，从台北至台南。那是在一九四五年之后不久。本来日本占据以后，已有此通路，但日人走时，已破坏不堪。陈仪来台后，略加修理，居然可以通车。汽车是破烂的，但机件还是完好的，好在我们不是要一次直达台南，为了游览各处胜地随处停

踪，我们还要上阿里山，看三千年神木呢。那时我们同游的，有我的亲家蔡禹门医生，还有一位邹丙文先生，他们都是在日留学过的，邹先生我记得在苏州小考进学时，还与我同案（按：在乡会试同时中试者，谓之同年，院试进学者谓之同案），乃近今读香港《大公报》记载北京的学者，只见有邹丙文列名其中，是苏州人而农学家，果如所述，邹先生年虽小于我，亦当在九十岁以外了。

这是一次欢愉的坐长途汽车，又有一次坐长途汽车，则遇着一些困难了。那一年，好像是齐卢战争时期，军阀内战方殷，交通时时中断。那时候我在南京，正在一岁将尽，天气严寒的当儿。我每年出外旅游，到了岁暮，总归是要回到家里过年的。因为在辛亥以后，虽然明令废除旧历，而民间还是保守故习，一个旧新年不肯放弃的。什么岁底吃年夜饭，家人妇子团聚，新春各公私机关放假，尽情饮宴，在封建时代都是牢不可破的。我正想料理事件回家，忽报火车断了，"火车断了"这四个字是不通的，实在是我要从南京回上海的沪宁铁路断了。枯守在西城旅馆，许多朋友都已回家守岁了。正在无聊之际，西成旅馆的老板娘，忽报告一消息,有一班长途汽车,可以兜抄一条路子,从南京到浙江省,然后回到上海。

水上的行

那西成旅馆的老板娘,原籍山东,久居南京,年已四十多了,为人颇爽直。我就托她想法子,居然成功,出价贵一些,不去管它了。原来那本是一辆长途汽车,不知属于哪一方面的,可坐约二十人左右,这个司机认识这一条路,大约是从前走过的,现在趁沪宁路断的时候,又来兜搭生意了。不管他,现在能到达上海,走私也无所谓。我一到车上,那车本来规定坐二十人的,现在怕已有三十多人了。我先抢得一坐位,沿窗是一个女人,看来是个上等女子,年约三十多岁,我和她并坐。那一日,天气严寒,且复飘雪,她临窗而坐,飞雪直扑其身。车本有窗,但已破碎不堪,我请与她易一坐位,她说:"谢谢!不冷!"实在她穿得很单薄,而我则还拥有一袭驼绒大氅呢,如何不冷?这位女士,我始终未知道她姓名,以她不问我,我也未便问她,当是南京教育界人。入浙江省境,她即匆

匆下车而去。这一回我坐长途汽车,颇见辛苦,幸而到家乃旧历大除夕,犹得与家人团聚吃了一次年夜饭。

尽说那陆上的行,不说那水上的行,那是不该的。况我生长在大江之南,太湖流域到处都是水乡。水上的行动靠船楫,这是人人所知道的,语云:"北人骑马,南人乘舟。"好像是分道扬镳。在苏州不独郊外有河道,城里也有河道的,用船来代步,那是最寻常的事。所以我们在苏州城市的交通,只有轿子与船,而船更为便利。比如说吧,有夫妇两人,从西城到东城去探亲,倘然坐两肩轿子,轿夫要五人,轿钱要五百,如果坐船去,摇船的仅两人(或是儿童与妇女),船钱三百文可了。船中坐卧还舒服,喝茶吃饭都随意,因此城厢内外,河面稍宽处,都停泊了那种名为"小快船"的,专做这项生意。

其次说到游船了,自古及今,所有文人学士说到江南的游船无不天花乱坠,诗词歌赋,有什么《金陵画舫录》、《扬州画舫录》、《吴门画舫录》,描写得尽态极妍。在我青年的时候,坐花船,吃船菜,这个风气还盛,现在已是消灭了。可是游船还是有的,春秋佳日,徜徉于山水之间,名胜之区,又非船不可了。苏州人家，每年清明时节，祭扫其祖先的坟墓，必须用船，那时候"家家都是上坟船"，亦可谓盛极一时。至于乡下人家，也有他们自己的船，不过那些船是别无篷舱，专作载货用的，米有米船，柴有柴船，蔬菜瓜果之属，也都有船，载往城市，以事贸易。还有虽属名门，却好乡居，为了便利起见，也有家中自备有船的。我友如金松岑、杨千里、费朴安（费孝通的父亲）诸位，他们世居吴江同里镇，家中都有船，曾用船到苏城接我去过多次呢。

蒲鞋头

这都是小型的船，仅为游山玩水所需，送客迎宾之具，足为代步而已。较大者亦有数种，船中可容七八人，航行于邻近各府县各码头。其船的类别，有名曰"无锡快"者，是无锡舟人所创制，有名曰"蒲鞋头"者，以其形似也。厥名甚多，我已忘却。这种船可以走运河，却不可以渡长江。此种船倘为官绅所雇用，他们便称之为官船。船上挂起大旗，扬起雇船者的官衔，开船时要敲锣，停船时要鸣号。有一次，

我几个朋友到南京乡试，那时候运河还通，也雇用了这样一条船。我没有去，却去送客，却见船顶上扯着一面黄色大旗，上面标着六字道："奉旨江南乡试。"我笑说道："阔哉！阔哉！"其中有位先生笑作解嘲道："那是船家所弄的，他们说过关容易一点。"原来运河里那时还有许多关卡，专为许多客商过路稽查收税的，那些关吏可恶得很，横征暴敛，不满所欲，便把你的船扣留起来，不放你走，但是遇到那些乡试船，他是没法可想了。我记得清代某诗人，忘其姓名，也不知是否去应试，此人善作古风，其中有一句道："关吏疾呼书书书。"描写得真出神入化，令人忍俊不禁。

中国船约略说一点，我要说外国船了。我从九岁第一次到上海，在黄浦滩看火轮船，见到它比大洋房还要高两层，真是吓坏了童心。二十几岁时，才坐江轮，长江天堑，始见壮阔，颇讶国际海岸通商，何以能直入我内地流域。二十九岁始坐海轮，自上海至青岛，全为德国的世界，喧宾夺主，我几欲仰其鼻息了。如此往来于江轮、海轮之间，亦几十馀年，我的水行不过尔尔，此间亦不用絮述。至于外国军舰，中国兵船，我从未踏到过，那也就无从谈起了。出国旅游，只曾到过日本一次,只可说聊胜于无。铁路与行,火轮退让,科技进展,力求迅速,这也是中国百年变迁的一事。

一机仅乘三十人

犹未已也,忽然发明了天空可以飞行的事。当我们在青年读书时,也曾读到什么"列子御风而行",以为这不过是幻想耳、寓言耳。又读到古人的诗词中,什么青天碧海、云路翱翔,有仙姬神女出入其间,也以为是仙踪耳、神话耳。谁知世界真有这种事。最先有了汽球,可以乘人,已有所惊奇,便有人解释道,这与我们清明时节所放的纸鸢一个理由,不足为奇。既而飞机真在西方流行了,那新闻传到了上海,大概是上海的翻译界吧,把它译成为"飞艇"。那时上海正发行一种书报,叫做《点石斋画报》,石印墨画,风动一时,这位画师为了好奇心,凭他的思想,竟画出一艘飞艇来,有帆有舵,有轮有翼。他的思想不差呀,既名为艇,当然是属于船类,所以画家受了翻译家之误,而读画者又受画家之误,若在今日,决不会有此乌龙。

飞机我曾坐过几次,当日的飞机,不能与今日的

飞机比了。一机仅能乘二三十人，非若今之百馀人、数百人的尽量发展。那时坐飞机的好像先要保了寿命险，然后敢轻于一试，有些老先生们，则发誓终其生不敢一试，与其飞翔于天上，宁愿沉埋在地下。我记得当时的飞机乘客，每人还发给以一纸袋，防其因晕机而呕吐。飞机的升高而下落，必紧缚其座上的保险带。随之而逐渐改良，逐渐争胜，人亦以天空飞行，视为故常，各国技术家的争胜，四方贸易家的获利，那可以称世界最为雄伟、最有权威之物体了。但是人有冒险的心，天无恤善之念，在我朋友中有多少聪明才智之士，为此牺牲，埋骨荒林，葬身绝域，也足以使人有些悲悯的呢？

我的写"行"之一字，起于行之字义，谓其为双脚行动的象形。自婴儿学步开始，以至于水、陆、空的行动，舟、车、机的运行，这百年来的变迁，也算得迅疾而复杂了。惜我以见闻有限，知识不多，古人云："读万卷书，行万里路。"可见行之于人生关系是极大的。但以就近今所知，即从此舟、车、机三种工具而言，悉用之于军事上。在水则有航空母舰、原子潜艇等等，在陆则有坦克、铁甲冲锋战车等等，在空则我完全不知其所名的恐怖惨厉的炸弹,一举手而可以毁灭一繁盛的都市,屠戮无量数的无辜的良民。为什么这应用于水、陆、空三种工具,都成为杀人的利器,这类的变迁,难道是时代文明所应有的事吗?变迁是无尽的,世界无尽,变迁亦无尽。百年来已过去了,未来者不可知,是所望于世界和平亲爱贤德良善的人民。

附录一：大闸蟹史考

天笑

"大闸蟹"三个字，来源出于苏州卖蟹人之口。其时苏州没有小菜场，每天早晨都在热闹而宽阔的街市间，设摊求售，有鱼摊、肉摊、鸡鸭摊、蔬菜摊种种。到了秋天螃蟹上市的时候，也设有蟹摊，有的附设在鱼摊之傍，有的却是独立的。

但是这个小菜场的雏型，只有朝市，没有夜市的，从早晨七八点钟开始，到将近十二点钟，便一律收摊了。可是人家吃蟹总喜欢在吃夜饭之前，或者是临时发起的。所以这些卖蟹人，总是在下午挑了担子，沿街喊道："闸蟹来大闸蟹！"为什么这样喊呢？因为这里有区别。闸蟹只是普通的，大闸蟹却是超级特别大的，中国水产中有对虾，也有对蟹，对蟹以一雌一雄对搭，成为一斤。但是从前的一斤是十六两，大概是雄的占九两，雌的占七两。再说，卖蟹人所喊的六个字中，有一"来"字，作什么解？那是苏州话的语助词,在文言作"与"字解,亦可作"和"字解。

买卖既成,把蟹扎起来,这不是把每只蟹绑成一团,而是许多蟹扎成一串。可是扎起来要小心,它的双螯也颇厉害,被它夹一下,可以出血,可怜这个小小防身之具,那抵得住要吃它的馋吻呢!到了吃蟹的时候,先在厨房,上大镬子里灌上冷水,加以紫苏生姜,然后把这些"无肠公子"、"带甲将军"(都是那些文人赐予它的徽号)一齐放进大镬子里去,不加束缚,蟹在镬子里乱爬乱抓,可怜怎能越出这个大镬盖的盖在上面呢?所以在大闸蟹未经被煮以前,还是纵横自得,及至放到镬里,加以冷水时,好像请它作冷水浴,可是不久就送命了。这一点,我是说的苏州人最初煮蟹的方法。

到后来,那个蟹市场越来越发展了,不但是苏市的小菜场、喊卖担,推广而至于上海,蟹也不但是昆山供应,松江各路,无锡各路,一直到太湖区域,甚至长江区域,也都有蟹。在上海不仅是小菜场有蟹,有许多食物店肆,也有蟹卖。因为吃蟹的人多,向来不吃蟹的人,也都吃蟹了。秋来蟹摊林立,而尤以绍兴人来开的热酒商店,门前所设的蟹摊,生意最佳。

四马路一带，有什么豫丰泰、言茂源等等绍兴酒店，接近望平街报馆，报业中人，时有光顾。某酒肆中，有一蟹摊，主持者为一女郎，素服青裙，作渔家装束，他们竟呼之为"蟹美人"。

但是煮蟹之法，与苏州家庭煮蟹之法有异。试思酒肆中哪容这许多大镬子煮蟹呢？所以买到蟹来，即一一束缚起来，不使动弹，听客选择，然后加以蒸煮。故香港股市所形容的大闸蟹，实为上海酒肆的煮法，非一般家庭的煮法呢。也因此之故，而大闸蟹与绍兴酒，便结为好友了。在从前吃蟹，绍兴酒非必要，而镇江醋乃是必要。镇江虽不出蟹，而于蟹市犹擅胜场，杂以姜丝，和以白糖，谓可以御寒。

我们现在要讲这大闸蟹的"闸"字究竟有何意了？在古人文的话中，有"螃蟹"、"湖蟹"等的名词，而没有闸蟹的名词。有人说，"煮"字与"闸"字音相近，是方音的变迁。有人说，字典上有"煠"字，即是以水蒸之的解释。有一日，在吴讷士家作蟹宴（讷士乃湖帆之父），座有张惟一先生，是昆山人，家近阳澄湖畔，始悉其原委。他说："闸字不错，凡捕蟹者，他们在港湾间必设一闸，以竹编成。夜来隔闸，置一灯火,蟹见火光,即爬上竹闸,即在闸上一一捕之,甚为便捷,这便是闸蟹之名所由来了。"古人云:"一物不知,儒者之耻。"岂其然乎?

为写小诗以寓意曰:"斜风冷雨满江湖,带甲横行有几多?断港渔翁排密闸,总教行不得哥哥。"读者于持螯对菊之馀,也觉得有这种意味吗?(于病中)

附录二：记包天笑先生

高伯雨

包天笑先生逝世忽忽已过一旬，今年元旦《马来西亚通报》（在吉隆坡）的特刊中，我写的《中国现存最老的作家包天笑》一篇文中，曾说过希望他身体健康，到一九七四年我们为他寿臻百龄，高高兴兴地庆祝一下。我写那篇文章时是一九六二年十二月四日，想不到今年十二月四日，我又来执笔写悼念他谢世的文字了。包先生在香港住了廿五年，很少生病，从未进过医院疗治，偶然有些小病如消化不良、便秘、头疼感冒，自己服些成药就愈了，即在九十八岁的上半年，他还每天外出散步，手臂挂着一枝手杖，从不拿它来点地，只是缓步而行，到九月以后，因为他的脚背肿了，步履难行，才停止散步的日课，但仍然握笔作文，把那篇长达五万字的《衣食住行的百年变迁》①

---

① 原文误作"衣食住行百年的变迁"。

附录二：记包天笑先生

写完，可见他在死前的两三个月记忆力还没有完全衰退，写稿的毛笔小字，没有一划颤震的，个个都是簪花格，一笔不苟地站在稿纸格正中，卖文的文人到了将近百岁时还能在稿纸上写出这样的字，可说从来未有过，所以我很相信他一定可以活到一百岁，还有不少文章和世人见面的。岂料他小病半月，家人觉得有些不对，忙送医院治疗，只三个钟头就逝世了。包先生谢世前十二天，他的《钏影楼回忆录续编》出版，我马上先送四本去给他过目，那时他只是有脚气病，小腿以上都胀大了，据女佣对我说，医生说不要紧，不久肿胀可以消去的。我听了稍为安心，到了他的房间，见他坐在椅上，两脚没有穿着鞋子，赤足踏在地板，脚背肿胀大如甘薯，他一双手按着膝头，微微喘着气。我对他说书已出版，先送来他一看，过多一个星期，就可以发行了。他听后很高兴，面露笑容，对我只说"完了一件事情了"这一句。

过多两天我又去看他，恰巧他的儿子可闳在家，我同他谈到他父亲的病况，他说医生为他检验过身体，血压、脉搏、心脏都正常，只不过是贫血体弱，先把肿治疗好了，再调理身体。我听后也很高兴，希望他

吉人天相，早占勿药就好了。

可闳陪我到天笑先生的卧室，见他已能起来，原来他正从洗手间小解踱出来的，见我到了就扶着我的手，我导他坐在椅上。可闳有事出去了。包先生对我说，他恐怕不久人世了，我说哪里的话，医生说不要紧呢，如果严重，早该住到医院去了。他点点头，似乎觉得我说的有道理。我说："您的大作《衣食住行的百年变迁》待我剪贴好了，请您自己看一遍，有什么增减的地方，请告知我，我可代劳。希望早日排印，准备明年二月廿六日出版（包先生是光绪二年丙子二月初二日出生，阳历为一八七六年二月廿六日），作为您的百岁生辰纪念。"他向我拱拱手，只挤出"谢谢"两个字。

在十月底以前，我因为有三部书要赶着出版，工作很忙，所以有三个星期没有去看包先生，十月廿七日，忽接他来一短札，寥寥数字："我病甚，几欲与老友长别矣，日来顾我一谈。"我看后马上打个电话问他的女佣，包先生的健康怎样，她说这两天很好，也有一些胃口，我可放心了。到第二天下午才去看他，并带了托苇窗兄在台湾买来的《辛丑日记》去送他，日记的作者徐鋆，是包先生的业师，近年有人买到了影印的。平时我

附录二：记包天笑先生

和他谈话，一半要靠纸笔，因为他重听，为了方便，我总是带了纸笔去的，这次我们还谈了二十分钟，我写了在纸上给他看，他用口答，精神虽不如前，但所答所说的话都很有条理。我怕他太劳神，起身告辞，他坚要我多坐一阵，我只得又坐了五六分钟才走。

离开包家，我的思潮起伏不已，天笑先生可算得是我国当代最老的作家了，他到了九十八岁还能每日写文章，新近在香港谢世的章士钊先生，虽然也活到九十四，但他在九十二岁以后就一直住在医院里疗养，已不能执笔作文。现代英国的文人，罗素活到九十七岁，和包先生同寿（包先生是足九十七岁的，九十八是虚岁），萧伯纳九十四，丘吉尔八十九，毛姆九十，他们晚年极少作品，但包先生到逝世前两个月，还写了几万字的一篇大文章，真了不起！

医生既然说他的病况不严重，那么，明年百岁盛会准可以如期举行了，再多四个月就是一九七四年二月，这百多日光阴向天公乞与，未必不肯成全吧！

因为包先生的健康不致马上有问题，所以我一直到十一月十日才去看他，还带了新出版的《明报月刊》（他一向托我替他按期买《大人》、《明报月刊》，已有

数月)和《港九日报》给他,并告他《港九日报》是他旧时《时报》同事金先生主编的,他翻开看了一两面,点点头,表示知道,忽然他拿我手中的原子笔写在馀纸上:"我已垂危,不及谈矣。"我忙摇手道:"不会的,医生说您的身体还好呢,只是贫血罢了。"他又写道:"《续编》恐亦不及见。"我说:"一定可以的,现在已印好了,正在装钉,三两天后可以装成几本给您看,请您放心。"

坐在包先生旁边的一位老太太是新从上海来的,我问女佣才知是他的如夫人,便和她谈了几句,她说:"医生说他的病没有大碍,肿消后就可以调理身体了。"包先生又叫她拿十块钱还我代买刊物,我说小意思,不必介怀,但却很欢喜,他虽在病中还是神智很清醒,小小的事情还一丝不苟。

第二天上午,印刷所来电话,《钏影楼回忆录续编》已有十本装钉好了,我立即往钉书工场拿了六本,送给包先生,他见了很高兴,精神为之一旺,并摩挲《掌故漫谈》上册,问是不是我的书,我说不是,是友人馀子先生所作,这是装钉好的样本,还未有目录呢,两三日后便可以出版,到时送一部给他。他说恐怕也

附录二：记包天笑先生

不会看了，言下不胜惆怅之意。

十一月十七日，《续编》已全部送往总代理处发行，我去见包先生告知一声。他坐在书案前，前面摆着一碗饭和一些小菜，他的如夫人在一边侍候。我说："她来了，您起居饮食方便得多了。"（因为女佣是广东人，包先生同她讲话，双方总有些隔膜）他说："伊晚上在此处睡，白天到北角她的儿子处，是她的儿子申请她来的，可囡很忙，不能长在家中，伊来了，多个人照料是很好的。"稍停一下，又说："我不久人世了！"

十一月廿二日是我见包先生最后的一面了。开门的是他的媳妇，她带我到他的卧室。包先生半个身躺在床上，看我写给他的字，喃喃不知作何语。他的媳妇说这两天他说的话不大清楚，但医生说他的心脏脉搏都正常。上次我看他，他说："我不行了，最多只有三四天。"但他还延长了八天才在十一月廿四日俄然而逝，颇出乎医生意料之外。

包先生离开人世了，但他留给我们很多可宝贵的文章，单是他八十三岁以后在香港写的就有一部三十多万字的小说《新白蛇传》（已于一九五八年印行，今已绝版），两厚册五十多万字的回忆录。此外还有十八

年来为报刊所写的散文、随笔、诗歌,都没有收集印行,在文坛活动了七十年的老作家留给我们的文化遗产丰富极了。他的《回忆录》是一部很有价值的书。故友连士升先生在介绍此书时,说过这些话:"……包老先生教过书,做过编辑和主笔,但最大的兴趣却在小说。因他懂得用小说技巧,以他个人的生活为经,以当时所服务机关的人物、制度、环境为纬,一面可当百年来的历史来读,一面可从中汲取各阶层的事迹作资料,有理有序,非一口气读完绝对不放手。他懂得'修辞存乎诚'的秘诀,在回忆录里,他说的多是真话。得意的事情,他固然一字不漏地记载下来;不如意的事情,他也十分坦白,不像一般'要人'的回忆录那样,尽量替自己歌功颂德,把自己的缺点,掩埋得密不通风。但是同时代的明眼人看了之后,只好窃笑罢了,一点也不发生作用。研读《钏影楼回忆录》的人,应该从两个角度来看。先注意他个人一生的经历,从读书到教书、办报、写小说,一步紧接一步。他一生没有涉足政界,所以他和政治要人只是貌合神离,谈不到什么交情。他没有进过大学,或者到日本欧美留学,所以他最高的职务,仅是到山东青州中学做过两年校长。他在报馆服务十三年,担任的工作,仅是编辑和主笔,始终没有做过社长,不能显出他的办事本领……他唯一可以发挥才具的地方,就是写小说。本着'观人于其友'的古训,他的成绩是在柳亚子、曾孟朴、苏曼殊之间,而陈景韩(冷血)、周瘦鹃、毕倚虹等人也和他称莫逆。但是,就文章的价值而论,这部《钏影楼回忆录》实比苏曼殊的小说高明,而曾孟朴的《孽海花》(仅写完三十回),至多和他的《留芳记》(仅写完二十回)相伯仲罢了。从史料方面来看,这部《回忆录》蕴藏着许多宝贵的资料,如教育制度的变迁、校舍的设备、教师的待遇、当时的物价、社会的风尚、出版界的情形,一切的一切,经过他的描写后,历历如在目前。学者专家固然可以从中找到材料,普通读者也可以作为谈资,这倒是无价之宝。……"(见新加坡《南洋商报》一九七二年十一月九日青年文艺版)

连先生所说的是很对的,可谓善读此书矣。可惜他先在今年七月十日谢世,不及见它的续编了。连先生也是景仰天笑先生的人,年青时候,他也读过包先生的小说,一向没有机会识荆。近年只从《大华》半月刊拜读他的作品,去年十二月连先生汇来港币一百元,托我送给包先生买糖果,表示远方一个文化工作后辈向他致敬之意。我拿了他的信和那笔钱去见包先生,他说怎好意思接受呢。我说受之无愧,这是后辈一番诚恳的好意,好像孝敬师长一般,如果不收,反使人家不安了。不久后,包先生写了一幅字送给连先生,写的是近作小诗一首。

过了几个月,连先生回国游览,路经香港。四月八日,我和连先生同去拜候包先生,他们谈了半个多钟头,下楼时,连先生对我说:"五十年的心愿今日得偿了。我现在看见了中国最老的一位作家,非常荣幸,明年他百岁生辰,我一定要写一篇文章祝贺他,并寄贺礼,聊表心意。"岂知连先生回新加坡后半个月就逝世,而包先生也在五个月后随之而去,两人最后的愿望皆空,思之使人怃然。

我也和连先生一样,从小时起就爱读包先生的作品,我开始读他的小说时是一九一九年,有一天,我偶然在书斋的书橱中发见一本厚厚的《小说大观》,我是看惯旧章回小说的,当时正在看《七侠五义》、《施公案》、《彭公案》、《七剑十三侠》一类的书,现在见

附录二：记包天笑先生

了这部新的小说，真是耳目为之一新。连忙把这部杂志的主编人"吴门天笑生"的一篇长篇小说《人耶非耶》读完。小说的内容是什么，读后不久也忘却了，只有"天笑生"之名则久久还存脑际。这是我在童年时代所读的第一篇新式的小说。但这时候，北京的陈独秀、钱玄同、胡适等人已展开新文学运动，要向旧派文学进攻了。我家是一个十分守旧的华侨家庭，我的父亲、长兄早死，虽然还有两三个哥哥，但他们都在外埠主持商业，家中只有妇孺，没有人严督我们的功课，一切都交给两个书斋两个老师去负责，主持家政的嫡母从不过问，不过如果我们稍逆她意，她却会到书斋找老师诘问。因为上头没有人管我们，只要我们的功课对付过了，老师就什么也不理。像这样的家庭环境，我们有什么新的课外读物呢？有之，只有十橱八橱线装书，经史子集应有尽有，但这些正经书总不及小说有趣味，我不大注意。这部新小说杂志一旦在我眼前出现，真使我有如获异宝之感，到底是谁留下来的书，我至今尚不明白呢。也许是那个比我大五岁的侄儿罢，这一年，他已经在汕头学习做生意了。

因为对《小说大观》有好感，故此爱屋及乌，对

主编人"吴门天笑生"自然也有好感,在这一期中"天笑生"的长短篇小说我都读完了,但还不知"天笑生"是何许人。过了四年,是一九二三年了,这一年是我开始大量阅读上海出版的所谓"鸳鸯胡蝶派"作品之年。这时候,上海出版的杂志有《半月》、《红》、《游戏世界》、《家庭》等,都有"天笑"的小说登载,我便知道这个"吴门天笑生"是姓包的,进一步又知道他在上一年主编过一个周刊名叫《星期》,出满一年便停刊了,后来在《申报》,见有大东书局大减价的广告,赫然有《星期》在内,五十本一盒,定价五元,八折优待,我连忙写信托上海的朋友,代买了(友人名姚鹤巢,我定阅上海的刊物、书籍,都托他办理,年底才结一次账)。寄来后打开一看,真是琳琅满目,美不胜收,每期必有包天笑先生的短篇小说,又偶然有他的《秋星阁笔记》,铜板插图,有毕倚虹在杭州冷泉亭所摄的小影,更有他和汪瑲玲女士在九溪十八涧的小影,这是我首次见到毕君的真面目,可惜没有包先生的照相登出,未免美中不足。这五十本《星期》,我在暑假、寒假中全部读完了。但自此以后,就不大爱这种刊物,四十年来从未翻过一下,故乡"天翻地

附录二：记包天笑先生

复"之后，恐怕也不在人间了。前几年偶和天笑先生谈及《星期》，他说正有一本，拿出来给我看，恍如与四十年前旧友相逢一样。包先生说要送给我，我说："您是它的主编者，应归您所有，我已过了瘾，十分满足了，还是由您收藏的好。"

我订阅上海的《晶报》（三日刊），也是一九二三年开始的，因为看见《半月》杂志登有《晶报》广告，刊出有天笑所作的连载小说《一年有半》，就马上定了一年来看，怎知到手后使我非常失望，原来《一年有半》这个小说已经登了一年多的了，中途看起，不知前文说的是什么，而且每期只登二三百字，实在毫无瘾头，我不明白，三日出版一次的小报为什么还要登连载小说，后来才知道这是以名作家来招引读者，我便是被招到的一个，使我成为《晶报》永久的读者了。（我一直订阅《晶报》，到它停刊为止，并且在一九三二年在上海又出高价征求了一九二三年以前各年份的。）

我常见《星期》、《晶报》上有笔名"钏影"、"拈花"、"微妙"、"爱娇"的文章，其行文笔调及作风，很似天笑先生，我猜必是此公无疑，不久后就证实不误，觉得奇怪，这些名字的确是有些女性化的，为什

么他老先生喜欢用这等香艳的笔名呢？难道其中有什么"艳史"吗？尤其是"钏影"之名，"香艳"得很，说不定是有"本事"不足为外人道的。我这样推想是稍有根据的，因为常读上海的定期刊物或报纸副刊，往往会读到这班文人的"轶事"，《晶报》上常有"拈花"、"爱娇"所写的四马路书寓的花国群芳消息，而有些文人在笔下亦常提到包先生喜冶游，所以我才"大胆假设"，指"钏影"一名必有"艳闻"，其时正读完《东方杂志》姚大荣所作的《风怀诗本事表微》，我居然想入非非，以为亦与《风怀》相近。此念蓄之四十年，后来读到《钏影楼回忆录》的一章，才知包先生取钏影楼名，只不过是纪念他的母亲救人之危的义行，绝无什么"香艳"成分。我暗暗叫声惭愧，少年时代，会读一些书就乱起猜疑，胡想一通，真是唐突前辈了。（《风怀诗本事表微》刊一九二五年七月十日《东方杂志》，姚大荣是贵州人，进士出身，宣统年间做京官。）

我在四十年前误会了他，直到前几年才向他书面提及，再表示歉意，他接受了，这才使我心里稍安。（一九二四年我常读叶楚伧先生的小说、杂文，知道"小凤"是他的别号，也误以为其间或有"韵事"，因为叶先生在宣统初年任职汕头的《中华新报》,喜作狭邪游,且在报上大力捧她们,已为人所共知的事。一九二六年我在广州谒见他,谈到"小凤"二字甚女性化,他大概也知我之意,他说,他的父亲字凤巢,所以他取字小凤,并无他意。)

我读包天笑先生的小说,以短篇的居多,长篇如《上海春秋》、《留芳记》、《馨儿就学记》等都未读过,只于一九二四年冬天买到了他所译的《琼岛仙葩》。包先生译的这部书内容离奇曲折,文笔优美,迫着你非一口气读完不可。我觉得读他的小说,比读林琴南的容易懂,林译的小说还嫌太过古雅,未见通俗,包先生的是雅俗共赏,以我这样文字根柢较好的中学生看起来,我宁愿读包译不读林译了。这个时候,正是上海的文学研究会、北京的《晨报》副刊,向鸳鸯胡蝶派"围剿"之时,一南一北,齐向这一派作过份的恶毒攻击。文学研究会有商务印书馆出版的便利,声势甚盛,且在上海,易于向旧派文学进攻,新派的战士中,有沈雁冰、郑振铎、叶绍钧、郭沫若等,地盘则有《东方杂志》、《小说月报》、《文学旬刊》。旧派则有上海各报及几家书局刊行的杂志为地盘,势力亦自不弱。若说"广大读者"，则以旧派为多，新派的读者，多限于大中学生和高级知识分子，他们的文字，在那个时候，是无法深入广大民众层中的。在当时，这班新派文学家自以为思想前进，他们写出来的是有血有肉的文字，和"礼拜六派"的"雍容尔雅"、"吟风啸月"截然不同，他们是健康的，"礼拜六"的是"有毒的、害人的"。

就在这个时候，我的阅读选择也有进步了，我开始会看改革后的《小说月报》了，多读它介绍的西洋小说和文学理论，甚至也爱读郑振铎从英文搬过来加上中国材料的《文学大纲》了（郑君此书的西洋部分，以美国人Drinkwater的《文学大纲》为蓝本，本极肤浅，但已足吓坏我们一班大中学生，惊为盖世的大杰作了），从此便渐渐不看"礼拜六派"的刊物。不久后，我到欧洲求学，死读西洋文学作品，中国的新旧文学都放在一边，无暇过目，独有《晶报》还是定阅不停，一接到手，总是先找包先生所作的诗文来看。在《晶报》上，有时还可以知道包先生在文坛上怎样活动。又知道毕倚虹死后，包先生收养他的一个儿子，教养成人，这一义举尤为我钦佩不已。因此我想，将

附录二：记包天笑先生

来回国，无论如何都要认识他，作个忘年之交，才不负我几年来倾仰之忱。

一九二九年九月，我在伦敦加入一个什么"社"（发源于美国，一九二七年推销到英国，欧洲加入的留学生有新近逝世的刘攻芸），做了社员，便得到一本由上海总社印发的社员录。我打开一看，社员中有不少是闻名而不识的人，但亦有师友在其中，例如章益就是我在复旦大学读了三个月预科时的主任，而现在和我是"兄弟"了，真是有趣。更令我欢喜的是包可永、徐学禹两人的名字，亦在其中。他们当时在社会上是无名之辈，我所以"识荆"之故，则亦拜《晶报》之赐。记得是一九二四年某一期的《晶报》，曾登了一幅相片，题作"两青年"，相中人就是包、徐两君，说明文字似乎是包可永是小说家包天笑的公子，徐学禹为烈士徐锡麟之侄。他们只十五六岁就在德国西门子工厂学习电气工程，前途极为光明云云。当时我看了万二分的歆羡，以为凡是到过外洋的留学生，归国后前程一定无可限量的了，故此他们的名字深印在我脑海中。他们即和我同隶一社，正是"四海之内……"情如弟兄，将来由包可永介绍去见他的父亲，不是很

顺理成章吗?

我蓄此念数月,但到一九三〇年四月我的希望消失了,我强行退出"组织","脱籍"而去,从此与旧时"兄弟"尽成路人,四十年来,只和挽我入社的一位朋友仍极亲密而已。不意二十四年后,在香港思豪酒店的画展会中,无意得遇包天笑先生,且不经人介绍,我直趋前同他谈了半小时。开画展的是吴华源,当时我完全不知包、吴二人有戚谊关系的。会场中观众寥寥,我见有一位穿着短衫的老者坐在台畔,从他的谈吐和举止看来,无疑是个江南人,我心中一动,难道这人便是心仪已久的"吴门天笑生"?听说他近日已从台湾来此定居了,我虽未见过包先生的照相,也未曾有人向我描述过他的样貌,但也直觉地认为他一定是包先生了,就不怕冒昧向这位老人请教,是不是包天笑先生。那位老人说不错。我简直欢喜到手舞足蹈,自夸有眼力。正和包先生谈得很畅快的时候,来参观的人多了,也有和包先生相识的,他们围拢上前同他打招呼,我最怕人多声杂,就先行告退,一时匆忙没有问包先生的地址,要往拜候,何处可寻,为之怅惘不已。

附录二：记包天笑先生

一九五七年十月二日，在金陵酒家的国庆宴会中，我和包天笑先生同席，恰好我又坐在他身旁，我们才有机会深谈。不久后，忽然收到包先生来信，问我的一部《听雨楼杂笔》什么地方可以买到。这部书是一九五六年创垦出版社印行的，大部分由新加坡《南洋商报》发售，香港的书店很少出卖。包先生信上说，他的朋友郑逸梅来信托他买一部，所以他才问我。我连忙寄了两本给包先生，一本送他，一本请他转致上海的郑先生。

自此之后，我和包先生时有通信，他有时写了信叫人送来向我借书。这时候包先生已经八十三岁了，终日以写文章、看书报杂志消遣日子，他经常为香港两家报纸写些短文，偶而写有小诗被报馆编辑见了，索而登之报上，他拿到稿费就买糖果吃，有时还寄些钱去上海帮助穷亲友。有一次我们谈天，他问我每日写稿要写多少字，我说多则三四千，少亦一二千，不能少过此数。他觉得很奇怪，他说当年他在上海卖文，平均每天写一千到二千字就过得很好了。我说四五十年前上海的物价很廉，八口的文士之家，月入百元，也可以过得安安乐乐了。您现在写稿，无非是广州人所说的"买花戴"而已。他说不错,他早年教书,卖文养家,后来入报馆做事,有了一份固定的职业,不必每日为了计字数来安排生活,五十岁出头,家庭一切开销已有长子可永担负了(一九三二年在上海时,已知包可永在上海的西门子做工程师了,当时他和徐学禹、严家淦等人合股在静安寺路开设了一家名叫新电公司的电器店,我经过时,常驻足而观。一九三三年,包、徐二人分任上海市的电话、电报局长,弃商从政,大展鸿才了),卖文所得就是费买花钱。一个卖文为生的人,能够到了五十岁而抛下包袱,以"玩票"方式来写自己高兴写的文章,的确少见。

我在五十年前开始读包先生的作品,到他八十岁才和他相识,而他晚年的大著,我偶然有个机会为他出版,这是我感觉到非常荣幸的。连士升先生谈《钏影楼回忆录》文中有一段说:"……当包先生在上海文艺界最红的时代,五四运动的狂飙,已经以雷霆万钧的压力把旧文学,尤其是鸳鸯胡蝶派扫荡无遗,因此五四运动以后出生的青年,大多对于包老先生没有什么印象。……假如……高伯雨先生没有把包老先生这部《钏影楼回忆录》先在《大华》半月刊连续登载,

附录二：记包天笑先生

然后印为单行本，以广流传，恐怕六十岁以下的文人连包先生的大名也不认识。"

连先生这些话大部分是对的。大华出版社印行包先生的回忆录的经过，不妨在此提一下，此亦他年文坛掌故也。

一九六六年，我不自量力，拿了几千块钱来办一个小刊物，出版前我和包先生谈到我的计划和愿望，他竭力赞成，并加以鼓励，表示写稿支持。我问他可否把他的《回忆录》给《大华》发表，他不加考虑立刻答应了，不过他说这部书是他七十多岁时写成的，已装钉成册，由叶恭绰、吴湖帆题了签，不能拆出来排印，但他可以抄给我，一来保持原书整洁，二来也可以增减内容。到一九六六年底，《大华》的经济很是拮据，我和包先生商量，我付不出稿费了（我只能付出他每千字十元的微薄稿费，他交来一万字稿，我就先付一百元），打算暂时不登载他的回忆录，待经济好转再刊登。他不同意，理由是读者不明内幕，以为有什么事文章遭"腰斩"。他是不靠稿费吃饭的，以后不必付他的稿费好了。到下一年四月，《大华》来了一个合作人，按月拿出一千三百元来赔，经济困难获得解决，包先生的稿费仍旧照付，可惜那个新股东只出过四个月钱后，不再拿出钱来了，也不说明原因，作"神秘"状。但我还独立支持八个多月才把《大华》停刊，《钏影楼回忆录》只登载了全书三分之二弱，这是非常可惜。

有一次曹聚仁先生来谈天，谈到《大华》停刊，很多读者以不能继续读包先生的回忆录为憾。我说这是一部好书，如果不让它印成单行本，很是可惜，包先生已是九十三岁的老人了，他怎能安排出版的事情，找个地方为它出版，也是我们做朋友的责任。何不仿周作人先生的《知堂回想录》之例，先在《南洋商报》发表，以所得的稿费来做印刷费，盈亏尽归作者本人，我们只是奔走做成这件事。曹先生很以为然，我就请他和包先生商量后进行。

过了很久，没有得到曹先生的消息，我以为已经办妥了，怎知曹先生来信说包先生不赞成这个办法，不知何故。我建议最好能在这里的《晶报》登载（我的"理由"是包先生以前和上海的《晶报》有渊源），仍以稿费为印刷费，曹先生和《晶报》的人熟识，请他鼎力玉成。曹先生答应了。后来他对我说这件事讲妥了，将由《晶报》重新登刊。我听后很高兴，《大华》半途而辍，不能登完此书，不无有些歉意，现在已有人为补此憾，使我稍得安慰。

《晶报》登了差不多一年才把它登完，就在这时候，《大华》复刊了，天笑先生仍然写文章来支持，这次我们的稿费已由十元千字改为三十元一千字，在一九七〇年七月，也算得不十分菲薄的了。我本有一个计划，等《大华》的收支稍能平衡时，拨出一部分资金为印《钏影楼回忆录》的费用，便把这个意思和《大华》的股东柯荣欣先生商量，柯先生为人很热情，对文化事业极有兴趣，他虽在阛阓中仍时时写作，手不释卷，孜孜研究他所好的中国古代史。他听了我的话后，一力赞成，并主张立刻付诸实行。我说三十万言的大著印刷费至少要四千元左右，《大华》每月的固定经费，只有三千元，去了四千，不是捉襟见肘？除非另有专款，才可进行。柯先生说不用愁，他一定有办法，放心去做好了。我连忙去和包先生商量，包先生也很欢喜，我们先来个君子协定，印刷费由大华出版社支付，赔本归《大华》，如果有一个钱赚，除了《大华》抽取百分五为服务费外，尽归包先生所有。我

请包先生给我一信,说明《钏影楼回忆录》的版权送给大华出版社,以后如有再版,利益仍归包先生及身而止。包先生听后笑了,他说:"君子之交,一言为定,如无诚意,就是签了合约,有什么用?你不也是和龙公子签过合约办《大华》吗?人而无信,签亦何用呢!"

《钏影楼回忆录》出版了,二千本一共付印刷费三千八百馀元,但没有"专款"可拨,于是加深了《大华》的经济困难,虽然拮据一时,仍希望收回本钱就算了。书出版后,深得读书界好评,包先生高兴极了,我就乘势向他说服,要他续写,我说他的回忆录只写到一九一一年前后,以后六十年的事情比以前的更多,也更复杂,应该趁精神好的时候写出来。包先生说年纪大了,身体日衰,记忆力也不好,恐怕写不成,反而误事。我说不会的,读者盼望他继续写下去呢,我们仍照老办法,《续编》登在《大华》。但包先生仍然谦抑,说恐怕年老了,写不好,我就不敢再勉强他了。

过了不久,我去看包先生,他说经过考虑之后,他的回忆录既然还有人爱读,他觉得很高兴,精神为之一振,顿觉年轻了许多,所以决意接受我的建议,

附录二：记包天笑先生

把《续编》写下去。我说好极了，请他立刻著笔，先给我一万字左右，希望能在一九七一年八月出版的一期登出，包先生还嘱咐我在七月的那一期先登出预告。

预告登出不久，包先生的稿交给我了，第一批约为五六千字，正准备要发去字房排，但不如意的事情突如其来，《大华》两个股东的工厂业务一直走下坡，我不想朋友艰于负担，主张《大华》立即停刊，所欠的小数债项，将来由《钏影楼回忆录》收回的成本付清。这样一来，包先生的《续编》就没法和读者见面了。

我办理《大华》结束事宜，忙了一个多月，这时候包先生写好的《续编》已有三四万字了。某日我去看他，提出一个办法，请他把全书写完，大华出版社可以为他出版。我恐怕他不敢相信我有出版能力，为了加强他的信心，不得不暂时撒个谎，我对他说："《大华》虽停，但出版社并没有停，随时可以活动。现在有一位姓巢的股东，愿意拿出三千元来做印刷费，所以这一层您不必顾虑。"包先生一向知道巢、柯二君是支持《大华》的，果然高兴答应了。我又向他建议，仍如前法，交《晶报》登载，让他先收一笔稿费。说妥后，一切还是请曹聚仁先生安排，回忆录的《续编》

便于一九七二年元旦在《晶报》登出了。登完后，包先生又把剪报上的错误脱漏之处，加以改正增补，段落先后倒置的加以移正，也花了五个多月工夫，到十二月七日全部交给我，而我亦早在两个月前贱价售出明人山水册一本，筹得六千元为印此书的经费，所以我能马上交给印务所排印，希望六个月后可以出版。

一九七三年六七月间，全书已校对竣事，可以付印了，但包先生答应所写的序文迟迟不来。他叫我写一篇，我不敢，我说最多我只能写一简短的出版说明或跋尾之类的文字。结果我写了，把草稿给包先生一看，如他认为不能用，我就不用，有他自己的一篇序文就够了。到此时我才向他说明，上次所说有位股东已交来三千元一事是我诌出来的，我的用意无非要加强他的写作信心而已，请他原谅。过了数日后，他给我一信，希望我这篇东西最好不要用。我也照办了。后来我见他，他说："你的跋尾写得太过坦白了，我不赞成，不过如果你在别的刊物登载，我绝不反对。"我说是的，但也没有向他取回我的草稿。

天笑先生在世将及百年，他的接触面很广阔，可惜他的《回忆录》、《续编》，有很多他应该谈一谈的却

附录二：记包天笑先生

不见他谈。他前年上半年写成《续编》时，不知是精神不济还是别有原因，就此搁笔不写，致使我们失了许多珍贵的材料，这是非常可惜的。但他谢世前六个月，记忆力还是很强，不只写完了他的《衣食住行的百年变迁》（他在一九七一年有信给我，要为《大华》写一篇《中国娼妓史》，约七八千字。我屡次催促他，他都说精神不好，又懒惰，终没有写成），还能为一个美国的青年汉学家笔答了很多个问题，每一题都是答得很精密详赡的，令我们后辈惊叹不已。这个美国人回国后还常写信给他，我刚刚收到那个朋友的信，问我要不要包先生写给他的笔答一份，他可以影一份送我。包先生晚年得到这位有学问、热心研讨中国文学的年青朋友，很是高兴，和我见面时总是称赞他。

有不少人把包先生列入鸳鸯胡蝶派作家之内，但包先生坚决不承认他属于这一派，他认为自己在文学上有比这更高的境界。

提到这一派，我倒要说一下包先生在一九六〇年对这问题表明的态度。远在一九五九年，上海中华书局的辞海编辑修订所印行《辞海》（试行本）第十分册中有一条"鸳鸯胡蝶派"，但没有说包先生属于这一

派。它说:"鸳鸯胡蝶派盛行于清末民初的文学流派。鸳鸯胡蝶是才子佳人的比喻说法。代表作家有徐枕亚、李定夷等,以《小说月报》(十一卷以前)、《礼拜六》等期刊为中心,宣传才子佳人思想,以迎合小市民的低级趣味。五四运动后,《小说月报》改组,《礼拜六》就成为这个流派的主要阵地,故又有'礼拜六派'之称。文学研究会曾给予有力的揭露和批判。到三十年代,影响力逐渐消失。"

鸳鸯胡蝶派的老祖宗是徐枕亚、李定夷,而"礼拜六派"的骨干人物是王钝根、周瘦鹃,包天笑先生不是其圈子中人物,且从未投过稿。一九六〇年七月二十日,香港《大公报》副刊有署名宁远的一篇《关于鸳鸯胡蝶派》,说:"鸳鸯胡蝶派作品的发祥地是上海,但执笔者大多是苏州人,他们有过一个小小的组织,叫做'星社',主要人物有包天笑、周瘦鹃、程小青、范烟桥等,但还有不少鸳鸯胡蝶派作家,因为原籍不是苏州,所以没有参加。包天笑和周瘦鹃两位的作品发表的较早,也比较多,但以风格而论,倒还不是道地的鸳鸯胡蝶派,真正可以代表这一派的,前期是徐枕亚、李定夷,后期则是张恨水。"天笑先生看过

附录二：记包天笑先生

这篇文章后，于七月廿七日的《文汇报》副刊写了一篇《我与鸳鸯胡蝶派》，对于他写小说的经过和与该派的关系有所说明，现将全文录此："前日《大公报》的'大公园里'，宁远先生写了一篇《关于鸳鸯胡蝶派》，其中似有为我辩护的话。他说，'以我风格而言，倒还不是道地的鸳鸯胡蝶派'云云，至为感谢。据说，近今有许多评论史实的书上都目我为鸳鸯胡蝶派的主流，谈起鸳鸯胡蝶派，我名总是首列。我于这些刊物，都未曾寓目，均承友朋告之，且为之不平者。我说，我已硬戴定这顶鸳鸯胡蝶的帽子，复何容辞，行将就木，身后是非谁管得，付之苦笑而已。实在我之写小说，乃出于偶然。第一部翻译小说《迦因小传》，与杨君合作（后林琴南亦译之）。嗣后有友人自日本归，赠我几部日人所译西方小说，如科学小说《铁的世界》等等，均译出由文明书局出版。以后为商务印书馆写教育小说，又为《时报》写连载小说以及编辑小说杂志等。至于《礼拜六》，我从未投过稿。徐枕亚直至他死，未识其人。我所不了解者，不知哪几部我写的小说是属于鸳鸯胡蝶派。某文学史曾举出了几部，但都非我写。再有两事要向宁远先生表白的，一、苏州的星社，我

不是主要人物，它是范烟桥、程小青、姚苏凤、郑逸梅诸君所组织的，他们出版刊物，我亦未参加，他们是否鸳鸯胡蝶派，我无庸为他们表白。"（其他略。因为包先生在《钏影楼回忆录》已提过他和张毅汉的关系，他并没有和张合译《馨儿就学记》小说。）

其实天笑先生只是星社的社员，但从未向该社的刊物投过稿。一九二二年，包先生又和上海一些作家组织青社，出过一个专刊社员作品的刊物《长青》。这两个社的社员多是跨社的，虽然他们没有组织鸳鸯胡蝶派，自成一"党"来党同伐异，但一般人自然而然地已指目他们是这一流派的作家。我们细看一下郁达夫、张资平的小说，其中也有宣传才子佳人思想，也一样的肉麻，目之为"新鸳鸯胡蝶派"，似也不为过。郁达夫、徐志摩的小说和日记，曾风魔过不少青年，且有人学他们的做法，自命罗曼蒂克，搞得一塌糊涂（徐志摩和陆小曼结婚时，请梁启超证婚，就给梁训饬了一顿），新派作家自命其作品中无毒素的，亦未必尽然。

天笑先生晚年对某些人给他扣上一顶"鸳胡派"帽子，只有苦笑。但他的文字作风却没有此种气味。

附录二：记包天笑先生

包先生今已谢世，他是代表清末民初通俗小说的一位重要作家，在文艺上有很大贡献，他代表的那一个文学时代早已过去了，但他也不想"转变"过来充新文学家（我常对写文章的朋友说，如果把李涵秋的名著《广陵潮》，去其回目，加上标点符号，对话亦分段落，形式和新文学小说的一模一样，如能把行文改为难读难懂的欧化体更佳，然后拿它来和茅盾、巴金等人的小说相较，并不逊色，亦可厕身于新文学之林也），数十年来，只是谨守他的平实作风，对社会尽了他最后一分力量，这是值得我们钦敬的。

一九七三年十二月七日

后 记

这部《衣食住行的百年变迁》，是包天笑先生逝世前一个多月所写成的，一九七三年七月五日开始在《新晚报》登载，到八月二日止，登完了"食之部"和"衣之部"，因为有小病辍笔，一直到八月三十一日才登"住之部"。到九月十一日登完了"住之部"，又有微恙，没写下去，到九月廿四日续登"行之部"，至十月六日全部登完。

衣食住行是一个大题目，以中国之大，民族之多，人民不能片时离开这四件事的，包先生用六七万字来叙述这个大问题，当然没法写得详尽的。不过我们要知道，包先生写这个变迁，并非是考证文章，只是写他童年到老所见的一百年中变迁的趣事。就是因为不是写考证，所以内容不见枯燥，反而趣味横生，大家读起来都懂得。中国的一位最老的作家临终前还遗留给我们一部这样有价值的著作，真是读书界值得庆幸的事。现在包先生已成历史人物，我印行此书本意，一来是为作者祝百岁生辰，二来是要留一部好书给读

后　记

者欣赏和参考。可惜包先生已看不见它出版了。

包先生最后所写的一篇文章叫《大闸蟹史考》，刊于一九七三年十一月七日的《新晚报》，过了十六天，他就谢世了，可说是他从事写作七十年来最后的一篇文字，所以作为附录，印在书末，以留纪念。同时又附印拙作《记包天笑先生》一文，略述我从小时景仰他起，到四十多岁才有机会识荆，现在亦附录于此，藉志因缘。又，友人刘君作筹，藏有苏曼殊画《骑驴入吴门图》，由我介绍请包先生题词，本书中，包先生亦有提到此图，因向刘君商借影印，供读者欣赏。

一九七四年二月廿六日，高伯雨记。

六十年来妆服志

上　篇

从来每一朝代的更变,必定有易服色、定冠裳的种种举动。因此历朝的服制不同,而好古之士,或加以考订,偶也有载诸史册的,但语焉不详。惟世界现在渐趋大同,于衣服一端,最觉显明。我恐再越数十年,必将齐一制度,旧日衣冠,尽皆淘汰,连知道也没有人知道了。我久想写一文,略述最近六十年来,吾国衣冠的变迁。不过拉杂写来,毫无理绪,或者供将来修中国衣冠史的一点儿小掌故罢了。

为什么从六十年来写起呢?因为我有生之初,略具知识,大概在十岁光景,十岁以前,我就不大知道了,而且吾国于这种衣服上的制度风俗,参考书不多,加以我学殖荒落,无力买书,所以也无从獭祭,只不过从故老传闻,偶知一二,也只是一鳞半爪而已。此外便是就所闻见的写一点出来,但也不能轻视这六十年来一个短短的时代吧!其中的变动,有过于前代数千年历史咧。

其中变动最显著的,一个帝国变成了民国,一个汉族驱逐了满族了,这其间当然有不少的变迁。我们不谈衣服,先讲头发吧。好好儿的长头发,为什么在头脑的四周围,剃去了一圈,这不是千古以来的一种大变动吗?这一次变动不算,还来了个第二次变动,因为第一次的变动,只剃去了周围一半头发,所以第二次的变动,把头颅上整个儿的头发,都给剪短了。但是单单是男人还不算,更把女人的头发,也一古脑儿剪短了。这不是在我们古老的中国,是一极大变态吗?

我今言归正传,不能冠裳倒置,第一先说到人身上最高的一部分,就是帽子了。无论哪一国家,哪一时代,衣服总有两种区别,一是公服,一是私服。帽子也是如此,有官帽,有礼帽,有便帽,有小帽,此外更有种种不同的帽子。

我生长在前清时代,去所谓汉代衣冠已远,因此所见的都是满清制服。现在先讲帽子吧,当时对于那种官帽,民间称为大帽子,有一句俗语道:"你不要用大帽子来压人。"这句话,便是说不要用官势来压人,好比前代的一顶纱帽,往往说人富于纱帽气,便是说人有官气了。大帽子有两种,一种称之为暖帽,一种称之为凉帽。暖帽是冬天以至春天戴的,凉帽是夏天

以至秋天戴的。在暖帽换戴凉帽，或凉帽换戴暖帽的时候，官家颁布一个日期，无论官民人等，一例遵守，这个名称，谓之"换季"。

我先讲暖帽吧。暖帽有种种，跟了天气时令而更换。帽檐是黑色的，中间是一个红帽纬。三十岁以下的先生们，恐怕大半没有见过此物吧，现在只有京戏中可以看见，或是演"铁公鸡"那种戏，其中人物，还是戴那种帽子的。此外便是看话剧，话剧中演清朝历史戏的甚多，当然要戴这种帽子。但是以严格而论，话剧中也要看戏剧中当时是什么时令，倘然在夏秋之间，便要换戴凉帽了。倘然在一幕戏中，而暖凉帽杂戴，这便成为笑话了。

暖帽的帽檐，有缎的，有呢的，有珠呢的（初冬时用），有皮的，皮之中有貂的，则为品级已高之官员可用。皮的暖帽，其用最广，因为一个冬天（自冬至起），以及新春，都是戴皮帽子的。倘然是在父母之丧，穿素时期，帽檐是黑布的，帽纬是深紫色的。凉帽亦有红纬，所以亦称为纬帽，其形如喇叭式。然而在当初什么胎，什么边，都有讲究，都有阶级。这种事，从前在北京的满洲王公大臣，最为考究。据说有

上 篇

一次，连李鸿章也闹了一个岔子。

有一次，李鸿章在京，忽然说明天换季了，他不曾带得纬帽，便命差官到门框胡同（帽子店的聚会处），去买一顶现成的。恰巧有一顶人家定制的，还没有来取，因为急于要用，便与掌柜的商量，先买了去应用。李氏也不管什么，总算买到了一顶新帽子，到明天早晨戴了进宫召见。退出来的时候，在宫门外遇见了某亲王，某亲王少年好事，端相了李氏的帽子一回，忽然问道："中堂是新得了恩赏吗？"李氏愕然，亲王便指着他的帽子，李氏觉悟，忙把自己的帽子脱下来，交与随从，而随手在自己的"戈什哈"头上，取了一顶帽子来戴上，一面便向亲王告罪。其实这顶帽子，也没什么大两样，就只是这帽子上一条边，用什么颜色的锦缎镶滚的，那就非王公大臣经恩赏不能戴了。后来李氏派人到那家帽子店里去一问，果然是另一位亲王定制的。他们关于冠服的体制，严别到如此。

据父老们讲，在他们做儿童的时候（大概在太平天国战乱以前），戴这种大帽子的人更要多。一个医生，到官绅人家去看病，也要戴大帽子。一个商人，在柜上招接主顾，倘然有个官绅来购货，也要戴起大

帽子。至于在官人员，现在称为公务员的，那就大帽子一天到晚不去头。

到了我们这个时代，渐渐的简易脱略起来了。但是士大夫阶级，还是需要大帽子很多。譬如读书人在考试的时候，必定要戴大帽子。乡绅人在家里，谢年，祀先，扫墓，以及先人的阴寿、忌辰之类，也必定要戴大帽子。倘然礼仪隆重的人家，不但戴大帽子，还要穿起外套来咧。

大帽子上，最高部分，就是一颗顶珠（俗称顶子者，非是），最贵的是红顶珠，其次是蓝顶珠（蓝有明蓝、暗蓝之分），再其次是水晶顶珠，再其次是白石顶珠，再其次是金顶珠，最下是没有顶珠。没有顶珠，便是没有品级，所谓"未入流"者便是。文官如此分等级，武官也是如此。但是武官的顶珠，不及文官的有价值，尽管有顶珠虽红，而不过做人家一个侍卫的人。

照清代的功令，没有功名的人，是不能戴顶珠的，只在大帽子上有一个红绳的圈儿。但是到了后来，谁也不守这个功令了，起码也戴一个金顶珠。但我在十岁的时候，却有一个戴红顶珠的机会，说来是有点可笑的。原来那一年，我有一位姨母出嫁，苏州的风俗，在女家花轿出门之前，有两位送亲的男宾，先到男宅去的。这两位送亲的男宾，都是未曾结婚的青年，或是新娘的兄弟之类。可是我的外祖父，却要弄两位小朋友去送亲。

除了我一人之外，还有一位是我的姨表兄，他比我长一岁。一切的冠服，都是雏形的，一样的朝珠补褂，色色俱全，而他们在帽子上都装上一个红顶珠。红顶珠是前清一二品大员的顶戴，然而在小孩子是例所不禁的，因为尚未成人的儿童，可以乱戴的。但是吾母亲出来反对，不愿我戴红顶珠。吾母亲反对的意思，并不是为了孩子的僭侈，她是有点迷信的意义。因为我小时算过命，都说将来如何发达要做大官。她的意思，是我的孩子，命中应戴红顶珠，也未可知，此刻为了儿戏的事，戴了红顶珠，应了这一句话，恐怕折了将来之福。她怎能知道红顶珠将来是一文不值的呢？

为了吾母亲反对我戴红顶珠，于是改换了一个水晶顶珠。水晶顶珠无足轻重，只不过是五品顶戴而已，而且不是送亲，新年里我出去拜年，也戴上了一个水

晶顶珠。为了这个缘故，我的这位表兄，也换上了一个水晶顶珠，以取一致。

虽然从红顶珠以及金顶珠，阶级层次井然，然而有些地方，红顶珠并不希罕，而金顶珠却很为名贵的。譬如说，武官的红顶珠，毫不希奇，从前军功的保举极滥，当什么戈什哈（满语：随从）之类，也很多红顶珠。一个玉堂人物的新翰林，没有散馆，也不过是一个金顶珠。为了职务关系，红顶珠可以向金顶珠打恭请安，也常有的事咧。

告诉你一件故事吧，在苏州从前有一位钱庄经理（苏人称为挡手，又谓大伙），因为常与官场有来往，以其铜臭熏天的钱，捐了一个道员，再加了二品衔，也可以戴红顶珠了（起码红顶珠），自己得意非凡，招摇过市，出去应酬，不必衣冠的地方，他也翎顶辉煌了。有一天，他的东家请客，邀他做陪客，他也冒冒失失，不问请的是哪一位，但见东家请他上坐的是一位戴金顶珠的青年（从前宴会都穿礼服），他心中好生不悦，以为他是金顶珠，我是红顶珠，品级上要差十馀级咧。

他因此瞧不起这个金顶珠，出言傲慢。一回儿说，自己家里请了一个西席老夫子，是个廪生，如何有学问。一回儿说，自己到县衙门里去，知县官如何与他分庭抗礼。伧俗之气逼人，市侩之态可掬，对于那个金顶珠，还说你们少年人，如何如何，带着教训态度。主人示之以目，不省；蹴之以足，不悟。金顶珠报之以微笑，嗤之以鼻，先别去。主人顿足道："你知道他是什么人？他是吾乡某翰林，你瞧他年纪轻，他是少年科第，将来入阁拜相，也未可知。他刚从北京来，到抚台衙门里是'硬进硬出'，抚台还要向他跪请圣安咧。"红顶珠的钱庄挡手，觉得大窘。

顶珠以外，我要谈到翎枝了。翎枝是在大帽子后面拖着的孔雀毛。翎枝也有好几种，有蓝翎，有花翎，而花翎之中，有单眼花翎，有双眼花翎，有三眼花翎，也是依品级而定，最低的是蓝翎，高一级是花翎，那只是单眼的，至于双眼花翎，非王公大臣不能戴，三眼花翎，更是绝无仅有了。无论是花翎，是蓝翎，非由皇帝赏赐不能戴，所以从前的履历衔名上，便有赏戴花翎或蓝翎字样，甚而至于也有赏戴花翎的衔牌捐出来。

我在年青时候，见人家脑后翘着翎枝，我想这有什么好看呢。看了吾国的古装，汉官威仪，哪里有这

种装束。渐渐的，我悟出这个道理来了，这是野蛮人的一种装束。野蛮人狩猎为生，他们捕获到了禽兽以后，每喜欢把禽兽的羽毛，插在他们的头上，以及帽子上。你们瞧现在世界的野蛮种族，不是都把羽毛插在头上吗？你们瞧中国的戏剧，凡是番邦的君主，以及将官等，背后老是垂着狐狸尾巴两条的东西，倘是中国人便没有。便是扮武小生的野鸡毛，我疑心它也是属于蛮风咧。欧美是号称文明先进国了，然而他们的妇女，从前帽子上亦喜欢插羽毛，恐怕也是蛮风的遗传吧？

大帽子上插着翎枝，装有一个翎管，这翎管有白玉的，有翡翠的，颇为名贵。初戴翎枝的人，要十分当心，不然便要闹出笑话。譬如翎顶辉煌出来拜客或应酬的人，必坐轿子，而坐轿子的时候，却是退步俯身而入，但偶不经意，可以使翎枝折断，所以先有仆人，以手搭在轿檐上。当上轿时，或有主人送客，初未留意自己的翎枝，而有仆人为之照拂也。又如吊丧上祭，在拜跪的时候，要摘去翎枝，亦赖敏捷的仆人为之。拜跪既毕，重行插戴，倘偶一不慎，翎枝堕地，在官场视为不吉的事。

上　篇

在清初的时候,翎枝非常名贵,除了在京的王公大臣以及武职中侍卫之类,能戴翎枝的官职很少。后来几次为了军事关系,将翎枝是赏于有军功的人,捻粤军兴以后,开了捐例,花多少两银子,便可以捐一条蓝翎,或是花翎戴戴,于是戴翎枝的人,便多起来了。以品级而言,花翎比了蓝翎为高,但蓝翎据说是鹖鸟的羽毛扎成的,价钱反比花翎为贵。到了革命以后,无论花翎蓝翎,这些东西,都变成一钱不值。我的亲戚朋友家中,那些翎枝,倒也拿得出一点,只有一个用途,插在笔筒里做装饰品罢了。记得我从前向毕倚虹讨了两枝花翎,后来也就那样糟掉了。

顶珠与翎枝,在礼冠上所以显其官阶的品级。倘然有父母三年之丧的,就没有顶戴。帽子上的缨,是用红色丝织的,纬帽形如覆釜,其缨亦用红色,穿孝则有黑色两缨。仆人无顶戴,夏日戴凉篷,亦用红色羽缨。纬帽上有用白色或湖色熟罗为胎者,亦有用黄色纱胎及竹丝卍纹胎者,随时令而定。

顶珠到了捐例既开,只要出了钱,可以捐来戴的,但在考试的时候,一点也不能通融。无论你捐了一个道员,可以戴红顶珠,可是你要去赴院试,还是一个童生，童生是没有顶珠戴的，只有顶上一个红圈儿。其他商人们，不曾做过官，也没有捐过官，那是没有顶珠戴的，到后来，可也就马马虎虎了。

礼冠称为大帽子，那末便冠就称为小帽子。小帽子在春冬两季所戴的，以缎为之；在夏秋两季所戴的，以纱为之。其实在当时，春冬两季出门，须戴帽子，夏秋两季出门，不必一定要戴帽子，尤其是在盛暑，不似西方人的出门一定要戴帽子的。所以虽说夏秋两季，以纱为之，不过考究的人，在初夏或是秋天，偶备一二而已。小帽子却是黑色，惟夹里大概是用红布，纱制的用单层，或里面以竹丝为胎。

小帽子的制法，名之曰"六瓣合缝，缀檐如筒"。有人说，此制还是创之于明太祖，以取六合一统之意，到了清朝，就仍了明制，于是大家就戴起来了。这话有待考证，为什么呢？我不曾在什么地方，见过明朝人戴过那种西瓜皮式的帽子。明朝的士子们，总是方巾大袖，商人们戴毡帽的倒有，并没有戴这种小帽子的。倘然在服丧期内，小帽子以黑布为之，夹里亦为蓝青色。

小帽子上有一结子，普通都是红色丝织的，若有三年之丧的，戴白结子，期功之丧的戴蓝结子。官场中人，虽在重丧中，往往不戴白结子，而戴一黑结子，因为从前官场中，忌见白色孝服，谓为不吉（官场中最怕丁忧）。这个小帽子上的一个帽结子，也时时变迁。有一时代，流行大帽结子，愈大愈时髦。有一时代，流行小帽结子，比了一粒樱桃还要小。直到革命以后，这瓜皮小帽还是流行，有小帽便有帽结，而有人便不用帽结，有的用一粒珊瑚，有的用水晶的，蓝色的、白色的料珠，替代了帽结。

小帽之制不一，有平顶，有尖顶，有硬胎，有软胎。平顶的大都是硬胎，有中间衬以棉花的，那是北京式。尖顶的大都是软胎，取其便利，觉得天气热了，可以折而藏之衣袋中。据说这种尖顶小帽子，在咸丰初年，就已经盛行了，人家呼之为"盔衬"，以为是可以衬在军盔里的，不及几年，国内就有战事了，人家说是预兆。到了民国初年，尖顶软胎的小帽，又盛行了，人家称此种小帽为"一把抓"。后来军阀时代，便专捕青年革命党人，真个是一把抓了。其实这种话，也不过是好事者附会上去罢了。

前言小帽子大都是黑色的，然而儿童的帽子，便不一定是黑色了。因为我曾经戴过有各种颜色的小帽子，我曾经戴过酱色的，蓝色的，而且所谓"六瓣合缝"的上面，每瓣上绣有"团鹤"、金线的"圆寿字"，以为美观。到了十岁的时候，帽子果然是黑的，然而用一种织金的锦镶了边，在当时有一种雍容华贵之状。有许多世家子弟，到十五六岁时，还戴了那种织金的锦镶边的小帽子哪。小帽子本来只有缎纱两种，但后来在冬天，又流行了一种黑绒帽子，颇足取暖。织漳缎的工场中，也织成了漳缎的小帽子，每瓣上也有一团花，但到底觉得不大方。

小帽子上也有帽饰，我小时节的帽子上，母亲常常给我缀一粒红宝石，或是一块碧霞，在正中额上。其实这倒是古风，古人的帽子正中，以前都有一块玉的，现在写文章的人，常常说一个人"颜如冠玉"，这"冠玉"两字，便是古人帽子上所缀的玉。我那时到十二三岁的时候，帽子上便没有帽饰了，但是有许多世家子弟，到年在二十岁的时候，还有帽饰。据说在清乾嘉年间，所谓达官贵人以及缙绅之家，小帽子上，都有帽饰。及至晚清，以至民国时代，我在照片上所看见的，如李鸿章、康有为等，我所亲见的，老年人如伶人孙菊仙,中年人如袁寒云等,他们所缀的都是碧霞,当时也风行一时,以为雍容华贵。大概这个风气,也是从北京一班所谓贵族中流行起来的。

风帽,为冬日御寒之具,戴于小帽子的外面,苏州人又称之为风兜。其实此制甚古,我们只要看古画,唐宋朝的人物,便戴了此种风帽。譬如画一幅孟浩然踏雪寻梅,孟浩然就戴了一只风帽,其他画冬景也如此,这本是一种御风雪的帽子。风帽有种种,样子的改变,也不止有几次,我就是各种各样的风帽都戴过的人。最初我戴的一种,以大红绸缎为之,近脸处有两胆,以他色的绸罗为之,上有一阔边,或用织锦及花缎,翻向外面,后来不用大红绸缎,而用玫瑰紫的薄呢为之,其式也不用翻边,不用装胆,而成为一片玉的,此种风帽,名为观音兜,因为与画中的观音所戴的相同。其后又改制,厥形短小,以玄青色缎为之,上有一孔,小帽之结,露出在外,此种风帽固省料,然其形式觉不甚高尚。

风帽大概是衬以棉花,也有袭以皮毛的,那是少数。至于观音兜大都是夹的,因为其形式宽大,衬棉太累赘了。照从前的礼俗,入室必脱去风帽,一是为

了礼仪关系；二是室中较暖，像现在人的入室必去大衣；三则戴了风帽，听话不大清楚，到底是隔了一层。以前袍子上束一腰带，而有些老先生们，却常常把风帽塞在腰带里，即拖出在外面，也了无足异。在清代的衣服制度上，即风帽也有阶级，非一二品大员，不能戴大红风帽，若士庶们，只能戴蓝色风帽，到后来也不拘了。老太太们以及和尚尼姑，也都有戴风帽的，大概是黑色。风帽之制，与古时的形式不甚相远，我们在戏剧上、图画上，可以窥见一二。譬如宋太祖雪夜访赵普，他所戴的那顶风帽，形式与后来差不多。范成大有句诗道："雨中风帽笑归迟。"可见得风帽之称，宋已有之了。

皮冠今已流行于一时，然古代亦已行之已久了。我不必于古代皮冠有所考证，就我年幼时所戴皮冠而言，先有两种，一曰拉虎帽，脑后分开，而系以两带；一曰安髦帽，脑后不分开，而亦无带。此两种均有檐有顶而无缨，大约此种名称，亦由满族而来。拉虎帽，闻为每岁木兰秋狩，皇帝辄御之以临围场，后来王公大臣也戴了这种帽子，此制渐传于外，其上有赏红绒结顶者，更为高贵。安髦帽，不知其出处，其顶有用各色的。民国以来，皮帽有各种各式的，都是模仿世界各国的，我也不用赘述了。

自从满清入关以来，对于汉族妇女的冠服，是不曾变更什么的，所以当时有"男变女不变"之说。在清初的时候，妇女所穿的衣服，与明代无甚歧异，只是后来自己渐渐变过来了。女人的头上，除了帽子以外，还有种种首饰。记得我们小时节，见过母亲的装束，是中年妇人的；祖母的装束，是老年妇人的。因为年龄的不同，而装饰亦异。其中变迁最多的，要算妇女的发髻。

要讲妇女的发髻，千变万化，可以写一部《中国妇女发髻史》。我于斯文，只好简单地写一点了。六十年以前的妇女发髻，只能放弃不谈，我所见到的，吾祖母梳的还是"长头"，吾母亲却是梳的"圆头"（长头、圆头，即长髻、圆髻也）。长头，约长有七寸光景，时人称之为"宕七寸"，而辅助此等长形之髻的，有"通桥"、"侧托"等种种插戴之饰物。这一种长髻，如今北方年老的妇女，尚留此遗型。圆头，则为圆形之髻，当时称为盘心头，中间有一红丝绳的"把根"（穿素则用白色或黄色，若孀妇则用黑色），而辅助此等

圆形之髻的，也有所谓"押发"、"簪子"等种种插戴之物。

晚清时代，江南日趋繁华，而妇女的髻样，也日趋变迁。凡妇女的装束，总是以新翻花样为时髦，我们读唐诗，有两句道："妆罢低声问夫婿，画眉深浅入时无。"可见得黛眉也有入时不入时，何况是发髻呢？发髻的花样翻新，指不胜屈，好像近年来妇女的烫发，有种种式样。大概言之，从盘心头而改为散心头（凡吴人呼发髻为头，后仿此），此种散心头，将"把根"扎在旁边，当时称之为"转湾心"。当时余有两句诗道："最是卿心难把握，弯弯曲曲转湾心。"女人的心，也像她的发髻，有转湾心呀。

到了民国时代，尚未到剪发时期，这时候的发髻，真是花样百出。有垂在颈后的（在古代称之为堕马髻），有拱在顶上的，有梳在额际的（名朝前髻），更有仿日本妇女的厢发，梳日本头的。普通的唤做爱司头，因为其形，像西字母中的"S"一字，而爱司头中，又有所谓竖爱司头，与横爱司头的分别。更有一种辫子头，先梳了辫子，然后把它盘起来的，这种发髻，颇为坚牢，我们称之为"相打头"。苏州人有"相打盘辫子"

的笑话,相打头者,说它虽与人相打,也不会散落下来的意思。

女人的有前刘海发,不知始于何时。因为中国的神仙中,有一位唤做刘海,他的发型是如此,这便是刘海发的由来。在最初刘海发不独在女人,即男人亦有之。刘海发是在头颅的周围,留一圈短发,小沙弥,小尼姑,也往往有之。刘海发后来简称为刘海了,留在额际者,谓之前刘海;留在颈后者,谓之后刘海。到了后来,那班青年的妇女,废弃了后刘海,而专从事于前刘海了。在她们这一个顾前不顾后的时代中,前刘海又翻了不少花样,有长的,有短的,有光的,有乱的,有秾的,有疏的,可谓尽态极妍。文人笔下,描摹女人的姿态,叫做"丰容盛鬋",这个鬋字,或者就是代表前刘海的吧?那末古已有之了。

在从前,幼女是梳丫髻,也有梳辫子的。到了十一二岁的时候,或梳一个偏髻,或梳两个发髻。到了十三岁,是一个少女正式上头的期间,可以梳正式的发髻。从前的闺律,凡是处女,不修面(即是刮脸上的毫毛),不画眉,直要到出阁的一天,方始可以修面画眉。到了那天,还要举行一种典礼,名之曰"行

开面礼"。因为相传眉毛与性事有关，倘然一个未出阁的闺女而画起眉毛来，一定被戚邻所姗笑，说她是一个不规矩的女子了。所以在从前，是小姐还是少妇，可以一望而知，不像现在的乱七八糟呢。

到了后来，凡是未出嫁的女子，盛行了梳辫子。这梳辫子的风气一开，所有青年女郎，大概都梳一条辫子，而不再梳发髻了。于是她们在辫子上也翻出了花样来，有松辫子，有紧辫子，有光辫子，有毛辫子，还有扎把根的辫子，与不扎把根的辫子。这些花样，据说都是上海的堂子里翻出来的，但是最先梳辫子的风气，还是一班女学生们开的。从前在女学校里读书，还是寄宿的多，她们为了简捷起见，还是早晨起身，梳一条辫子，同学们互相梳辫，甲的辫子由乙梳，乙的辫子由丙梳，丙的辫子由丁梳，她们打了一个大圈，不一刻儿功夫，不是都梳好了吗？

妇女的帽子，苏人称之曰兜，以黑缎为之，其式样也随时变迁。兜上也缀以种种饰物，在额的正中，往往缀以圆形的珠宝，名之曰帽正。两侧或用翡翠琢成的蝙蝠形（妇女饰物中用蝙蝠形者颇多，因蝠与福谐音），名之曰兜蝠。沿帽之边有一条珠子的，名之曰珠勒口。有一时代,女帽上全缀以珠子,名之曰珠兜。因为那时候,金刚钻尚未盛行于中国,妇女首饰中,最贵重的,便是珠子,当日明珠的价值,也不亚于钻石咧。

妇女因有发髻,所有首饰,都插戴于发髻上,自然以珠宝金银为大宗,翡翠亦为一时所崇尚。但翡翠则宜于夏秋间,譬如押发一物,平时若用金的,到了夏季,或改用翡翠的,好似换季一般,亦随时令而改易。倘遇喜庆宴会,便改用珠子的,若遇大喜庆时,便须满头珠翠,一个发髻上,不见发髻,只见珠子。两傍插有珠花,中间覆以形似龟背之物,满缀珠子(俗称此物曰乌龟壳,以其形似也),此为最富丽名贵之装束,其他耳环上也都缀以精圆明珠。及至海禁大开,金刚钻来夺了珠子之席,珠子似乎退化了,然而有许多太太们,还是喜欢珠子。

(《杂志》1945年第15卷第2期,署名天笑)

中　篇

人身最高的部位，属于头部，所以对于服饰，我也是从头说起。如我且谈自领以下了。衣服上领与袖，是最重要的，所以在人群中能提纲挈领的，人称之为领袖。我先言领，在男子的官服中，在古代是纱帽圆领，在清代的领，也随时令而改变的。礼服上的领，称之为硬领，几与西服上的硬领相似。惟西服上的硬领，则为白色，而此种礼服上的领，春秋之间，则用深湖色或月白色之缎为之，到了冬天，或用绒，或用皮，有丧的人，则用黑布。

衣服的护颈者，名之曰领，而下面却缝有各色绸缎之属，下垂至腹背，名之曰领衣（杭州人呼之为牛舌头）。此种领衣，穿之于外褂之内，袍子之外。行装则着在袍子以内，惟到了换季以后，戴凉帽、穿纱服的时候，便官服也秃颈而不用领了。现在穿西服的人，对于领也颇为注重，有硬领，有软领，有高领，有低领，而领又以雪白洁净为贵。领之下，又有领带。这种领带，在西人也有种种分别，譬如大礼服、夜礼服，便服之领带，也各有种种不同。在国际宴会场中，不谙礼制，往往要闹成笑话。

此外礼服中，还有一种披肩，是文武大小品官，穿大礼服时所用的。加于项，覆于肩，形状像的菱角，上面绣以金。这种披肩，本来在宫庭间举行朝拜时，戴了朝冠，穿了蟒袍，便要加上这个披肩了。但是在新秀才入泮的时候，也可以戴了朝冠，插了金花，穿了蓝衫（蓝衫又名襕衫，明朝士子之服），翘上了一个雀顶，而在蓝衫上披上披肩的。吴俗，凡缙绅人家子弟进了学，便可以穿了那种衣服，坐了四人轿，排了仪仗，到学宫里去谒圣，出来拜客的（惟规定只有一天）。这在新秀才年纪轻，十二三岁，是一个童子模样，更有意思。在我进学的时候，照例也可以有那种排场，但我是一个苦孩子，也不曾开贺（吴俗，进了学，要开贺请客），那种衣服，并不曾穿上身的。

披肩从前还有一个时候可用，倘然生前没有做过官的，到了死了下棺材的当儿，也有穿着朝衣朝冠，披着披肩的。我们只要看挂出来祖先的喜容，都是有披肩的。可笑我在进学时，不曾穿过披肩，到死后，也不会穿披肩，披肩与我是无缘的了。因为到了民国

时代，披肩早已废弃的了。到后来，有一种西式短大衣，披在肩上，也叫做披肩，那是另外一物，不过袭此名称罢了。

便衣上的领头，以前很多随便，有的衣服有领头，有的衣服没有领头，也随各人的习惯而然。不过有一个自然的趋势，大概在冬天，皮、棉的衣服都有领头；夏天，纱、单的衣服都没有领头。然而到了后来，无论冬夏衣服，一切都有领头了。女人的衣服，起初领头很短，但有一个时代，领头非常的高。有一种式样，中间短而两头高的，谓之元宝领。

自从流行了皮大衣以后，无论男女，对于大衣的领头，非常考究，藏獭，海龙，白狐，紫貂，不可尽述。女子围领之物，也有将整个的狐狸，围在颈项中的，也有把一连串的灰鼠缀成围领的，种种的形式，不能一致。

自从流行了围巾以后，无论男女，冬天都围了一条围巾。这种围巾，从罗纱以至皮毛，有各种质地，各种型式。绒线盛行于中国以来，每人都有一条围巾，以为冬日御寒之具。尤其老年人，以此为冬令恩物，一向围了那种围巾的，忽然没有了，便引起了咳嗽之病。妙龄女郎，以此为妆饰品的，每也有灵心妙腕，在围巾上织出各种花样来。

清代礼服，以外褂、袍子为最重要。外褂，亦称为外套。袍子，中间开衩者，亦称为箭衣。箭衣的名称，或者是由于射箭的便利，因为开了衩，脚步便跨得开了。在火器未入中国的时候，以射箭可以及远，所以满洲凡是男子，无论何人，都要习弓马。

我今第一先言外褂，外褂的颜色，吉服用绀，素服用青。绀是什么颜色？青是什么颜色呢？原来绀是在黑中带一点红色的，这个名称叫做天青色。青实在是黑色，这个青字很奇怪，南北方的解释不同。在南方，青字是作蓝色解的，譬如"青出于蓝"四字，青可以作蓝的浅色。但是在北方，青便作黑字解，譬如京戏中的唱青衣的，便是因为他常穿青衣的缘故。现在说素服用青，便是穿纯黑色的，这个纯黑色，又叫做元青色。

在前清，士大夫很讲究庆吊。假如今天先到了一家去贺喜，自然是穿了天青外褂了，但后来又到了一家去吊孝，便要改穿元青外褂了（而且要去除补、褂、朝珠）。所以开吊的人家，场面阔绰的，预备两处更

衣地方，一处名"更素"，一处名"易吉"。更素的地方，便是以吉服改换素服，到了吊奠已毕，出门的时候，又到易吉的地方，更换吉服而出，真算是不惮烦了。然而讲到礼仪上去，便不能顾到繁文缛节咧。

在官的人，不能不考究衣服，即以外褂而论，从纱的以至于皮的，多至数十种，少亦可七八种。先说纱的一类中，便有亮纱、暗纱之分，于是进而单的、夹的、棉的（幸而那时候没有衬绒、驼绒、丝绵等，不然恐怕也有一袭）。一到了皮的范围里，便更多了，有小毛、大毛之分。从珠皮、银鼠、灰鼠、狐嵌这几项而言，最是普通的。此外还有可以反穿的，各种名贵的皮毛，有海龙、玄狐、猞猁、紫貂、千尖、倭刀、草上霜、青种羊、紫羔之类。

其中紫貂的外褂，要在三品以上方可以穿，紫貂的马褂，也是如此。据说，紫貂马褂是从前皇帝打围所穿的衣服，虽亲王阁部大臣，也不能僭用的。但到了道（光）、咸（丰）以后，京官的翰詹科道，外官的三品以上，都穿了貂褂了。革命以后，无论何人，只要有钱，都可以穿貂。流行了大衣以后，北里娇娃，也都以一袭貂皮大衣为章身之具了。

在穿素的时候，只规定几种皮可以穿。倘在父母的三年之丧中，诗礼之家，只穿棉衣，连皮衣也不上身的。遇到举行丧礼的时候，而恰巧在冬天，皮衣也可翻过来穿的，但规定只有几种，如羊皮、珠皮、银鼠之类，都是白色的（但银鼠在从前也算吉服，不过是要真银鼠，寻常的都是兔子皮而已）。青种羊本来也可以翻穿，但不能算吉服。自从有一年乾隆皇帝自元旦日，翻穿过了一回以后，从此遇了喜庆宴会的事，士大夫都穿了青种羊，算是吉服了。

马褂较外褂为短，仅仅及到腰脐。在清初的时候，只有营兵穿它。为什么叫它马褂呢？可见这仅不过在马上穿的，取其便捷。到了康熙之末，富家子弟渐渐也有穿此的，现在戏剧中，也往往穿此的，非古制也。到了雍正时代，服之者渐众，以后便无人不服了。直到了革命以后，至于今日，马褂尚未能废止，民国以来，且以马褂定为常礼服了。

马褂的制度不一，有对襟的，有大襟的，有缺襟的。对襟方袖，在从前也算是半礼服，大概用之于行装者为最多，又名曰"得胜褂"。这个名称，据说是从前傅文忠征金川时，喜其便捷，平时常服之，名之曰

"得胜褂",也是军营中一种吉语。到了后来,在我们小时节,常听得祖母呼它为"得胜褂"。非对襟而作右衽的,那种完全是便服,两袖亦平,惟襟在右面,俗以右手为大手,所以右襟的称之大襟马褂。马褂的右襟短缺,略像缺襟袍子的,称之曰缺襟马褂,又称之曰琵琶襟马褂。以上都是平袖。

以前马褂的袖子,都比里面的袍子袖略短,袖子又很大。对襟大袖的马褂,折叠时作方形,我们称之为"方马褂"。后来便流行一种窄袖对襟,更便捷得多。这种马褂,我们小时节,称之为"卧龙袋",不知何所取义。但是直到如今,我们所穿的马褂,还是此种窄袖对襟的型式。虽然也有袖子颇大的,可是比了从前,要小得多了。现在数十年了,不曾变过什么型式,此种马褂的型式,要算寿命最长的了。

马褂不一定是要黑色,除了半礼服要天青色马褂以外,其馀可以有各种颜色的马褂。记得我小时节,曾穿过各种颜色的马褂,顶艳丽的,有"出银炉"(淡红色)、"竹根青"(浅绿色),以及其他颜色的马褂。到后来,也穿过紫酱、深蓝、黑灰色的马褂。因为我们有一家亲戚,在阊门大街开绸缎庄,有什么零头料子,吾母亲便购来给我做衣服，也因为当时流行以各种颜色做马褂。不但是孩子们，便是成人，也都穿那种颜色马褂。在我三十岁的时候，还有好几件各种颜色的马褂。

当时那种马褂，有镶边的，有不镶边的，镶边的还有镶阔边与镶狭边的两种。镶边的颜色，大概以黑缎与蓝缎为多。有一种巴图鲁（清语）马褂，四周镶黑边，起初恐也是军营中人所穿（巴图鲁三字，似为满洲人一种勇号），后来为一般亲贵所穿。吴中儿童辈，也常常穿那种马褂。以浅嫩的颜色为心，而四周镶以黑缎之边，颇觉鲜丽夺目。自从颜色的马褂废止不流行后，此种马褂，也不复见了。

清室大官，有赏穿黄马褂的，我们现在不是在戏剧中常见过的吗？在清代当初，凡近御前的官，都穿黄马褂，如领侍卫内大臣、护军统领、御前文武大臣等等，巡幸扈从銮舆，服之以壮观瞻。到后来宣劳中外，本定武功，常常特赏，以示宠异。到了粤捻乱定，文武勋臣，赏穿黄马褂的便更多了。据说那种黄马褂，特赏的一件，只好什袭藏之，平时须另制一件穿之，因为一旦获谴，可以下旨剥去黄马褂，你须缴回这一

件，而已经穿坏了，交不上去，那就该死了。帝王家的事是不好办的，多么小气呀！

有一时代，流行一种黑色海虎绒的马褂，我当时曾有一件。这个时候，我约摸在二十一二岁的光景，上穿黑色海虎绒的马褂，衬以湖色春纱直行的棉袍，戴上一副金丝眼镜，确是一位标准美少年，在话剧中可当一位风流小生。但不数年后，便有西装革履、雪领玄裳来代替它了。

马褂之外有马甲，即去其两袖之谓也。吴人称马甲，但此物有种种名称，曰坎肩，曰背心，曰领衣，而最古之名称，则曰半臂。马甲的名称，当也从满洲的服制而来。半臂之名，由来已古，汉时即有之，而且也是男女都有的呢。这是一种最适当的衣服，可以掩护腹背，而露出两臂，便于作事。因此这一种服饰，无论古今，无论中外，都是流行的。

马甲有穿于外面的，有穿于里面的，今略述之。

在从前，马甲也和马褂一样，有对襟的，有大襟的，而且也有各种颜色的，不专门是黑色的。马甲往往比马褂短一寸或半寸，因为它穿在马褂里面，不至露出，然而也有单穿马甲的。在晚清时代，北京的相公,往往都只穿马甲而不穿马褂,脚下穿靴子,而身上服马甲,取其便捷。记得吾乡江建霞太史(标),少年科第,美姿容,喜服御,也常常穿了马甲,顾影翩翩。有一天,去访他的友人费屺怀太史(念慈),费太太看见他的装束,疑心他的是唱小旦的,驱而逐之,成为笑柄。此事曾编入曾孟朴《孽海花》小说中。

然而马甲也曾一度为半官服,那是一种巴图鲁马甲,四周镶边,而胸口上面,横行一排纽扣,苏州人则呼之为一字襟马甲。有一时代,竟当它马褂穿,各部司员见堂官,往往服之,上加缨帽,也算是官服了。这种一字襟马甲,我从前有好几袭,因为它很省料,而且倘使穿在里面,要脱去时,只须解去上排纽扣,曳之而出就可以了。革命以后,穿马甲的人愈多,我就是一个好穿马甲的人,你道为了什么?原来后来马甲上都有了袋,至少有三个袋,两个大袋,一个小袋,什么东西,都向袋里一塞。古人说"袖里乾坤大",我觉得"袋里乾坤大"了。

马甲也像其他衣服一般,从皮的一直到单的(翻穿的皮马甲,也是有的,记得我们在时报馆的时候,林康侯先生常穿一件獭皮马甲,我却有一件寿桃貂马

甲,都是翻穿的)。到了夏天,在我年轻的时候,所有西式的汗衫,尚未流行,我们穿的都是"夏马甲"。夏马甲的材料,大都是麻织物的夏布为之,也有丝织物的,拷绸马甲也盛行于时,因为洗濯容易呀。从前男子夏日燕居,颇多裸其上体,穿了一个夏马甲,也只能算半裸体了。

前清礼服,必曰袍套,袍即袍子,套乃外套也。袍子中又分两种,一曰箭衣,中间开衩,其所以称为箭衣者,大概因为宜于射箭,宜于骑马。箭衣与袍子不同者,便是中间开衩,与袖口有两只马蹄袖。这两只马蹄袖,寻常翻起,行敬礼时则放下。到了冬季,马蹄袖上,也饰以各种之皮。一曰袍子,中间不开衩,亦无马蹄袖,苏州人则称之曰"襕"。凡上等人则称之曰"长襕党",即本此意,倘然是单薄的,即称之为长衫。

袍子中的最贵重的,称之为蟒袍。蟒袍的制度,不自清朝始,在明朝,太监都可以赐穿蟒袍,不过袍子是红的。到了清朝,蟒袍是穿在外褂以内的,也非红色。凡有什么庆典,百官都穿蟒服,蟒袍又名花衣,所以在此时期内,谓之花衣期(倘遇万寿,则前三日,后四日,称之为花衣期)。在花衣期内,官署皆停止刑事，大臣递遗折及请疆等事，也都避免。倘然遇到家有喜庆等事，也可以穿蟒袍，金彩织绣，各从其便，但几蟒几爪，却分品级。

无蟒的袍子，无一定的颜色。大概老年人喜深色，则以蓝色为最多，酱色者次之。年青人亦有作娇嫩的颜色的，例所不禁，惟过于娇嫩，则成妇人女子之服矣。北京有一种名曰褡裢布，也可以制袍子，上官表示节俭，加以提倡，下属承风希旨，蔚为风气，但此种衣服，最宜于军营旅行时服之。

箭衣以中间开衩，中必衬以一长衫，名之曰"衬箭"。在我二十岁以前，流行一种"两接长衫"，上半为布制，而下半则为绸，此即为衬箭之用。以上身为布制，不怕为汗所污，下半固为绸，自外望之，则颇轻逸，老辈的惜物，有如是者。既而不穿绸长衫则已，穿绸长衫则全身是绸矣。惟皮袍子，则尚有上身是羊皮，而下身是狐皮的。又皮衣的露出于衣服周围的，名之曰"出风"。大毛衣服用天马皮为出风，小毛衣服则灰鼠、银鼠等都可以为出风。

在四十年以前，袍子都束以带，带有种种不一。在官服上则有扣带，带有金玉镶配为饰。便服上则以

绸质为带，其色不一，垂于背后，亦有绣以花者。此种束腰之带，有称之为汗巾者，殆也从蜕变而来吧。但到了后来，袍子上便不束带了，惟公服上却仍须束带的。带子上还有种种挂件，如忠孝带、荷包、扇袋、眼镜袋、表袋、手帕，都可以挂上。

忠孝带，又名风带，白色，视常用之带为短，飘于后面，行装必佩之。有人说，倘随扈出征时，忽然获罪赐自尽，仓猝无帛，就将此带代之，因此唤做忠孝带。荷包是满洲规矩，储藏细小之物。其馀的各种袋，都为需用之品，手巾亦如之，其实倒是古俗。

公服上最重要之二物，现于表面者，则补服与朝珠也。补服显其品级，文官以禽，武官以兽，兹不再述。命妇亦有补服，其品级视其夫之品级。惟补服男女不同，则一左一右也。然而武官的补服虽是用的兽，而武官母妻的补服，却仍用鸟，意思就是说巾帼中人不必尚武。补服始于明时，并非满洲制度。

朝珠，在清朝定例，文职在五品以下，不得挂珠。然而翰林院编检，也只五品，却许挂珠。乾隆年间，高宗以翰林侍班在科道前，科道挂珠，而翰林独否，亦有未洽，特谕修撰、编检一例悬珠，内阁中书亦许挂珠。最妙者鸿胪寺赞礼，不过七八品的一小官，在皇帝祭祀时的一个掌礼，照例不挂珠。然而某一次祭祀，皇帝忽问："此人何以不挂珠？"（盖与皇帝相近之人，均须挂珠。）因此一询，鸿胪寺赞礼便特许挂珠了。此珠名为"庙堂珠"。

朝珠以珊瑚、金珀、蜜蜡、象牙、奇楠香等物为之，贵重者则有全部都为翡翠。悬于胸前，有小珠三串，同一朝珠，两串在左则为男，两串在右则为女，男女朝珠之分别，仅在此一点。更有一串，垂于背。胸前三串，名之曰记念；背后一串，名之曰背引。朝珠的起源，大概由佛珠而来，满洲重佛教，故以此为饰。

我今略述妇女礼服的妆饰。满洲入关以后，男子改换衣冠，妇女则一仍其旧，故当时有"男降女不降"之说。在清初时候，女子的妆饰，完全与明末无异，到后来，也是妇女们自己渐渐地变换，并没有一种强制力量在内。因为满洲妇女的服饰，完全与汉族不同，而满汉并且不通婚咧。

妇女的礼服，最普通者，曰披风，曰红裙。披风比于男子的外套，也是吉服则作天青色，而素服则作元青色，不得有异色。披风之内衬以袄，那就尽你爱

用什么颜色，便用什么颜色了。披风也像男子外套的作对襟，长可及膝，有两袖，极博。以我幼时所见，大概以蓝缎而绣以五彩或夹金线之花。六十年以上对于披风上的装饰，我不知道了。但未嫁的闺女，不得穿披风。

到了晚清时代，女太太们踵事增华，披风上除补服以外，还有平金的团花，以及水浪形的金边，她们称之为"水脚"。此种装饰，北方官太太们颇为提倡。披风上有短领，可以点缀各种珠宝。披风亦似男子的外套，从纱的一直可以穿到皮的，但皮毛的翻穿，似近日的女大衣，却是没有过。

红裙也有种种花样，大红之裙，加以百裥，有的还装以各种飘带。有一时代，裙幅上装以无数的小银铃，行一步辄丁令作声。但此种妆饰，都为年轻少妇为之，年老者虽穿红裙，亦颇素朴。若其夫已死而为寡居独身者，且终身不得穿红裙，老年者或穿黄裙，年轻者或穿紫裙。我们不要小看它这条红裙，从前的妇女们，对于这条红裙，非常尊重。因为一位姨太太，在一个大家族中，始终不能穿红裙（至多只能穿一条桃色的），直要到她所生的儿子，成婚的时候，奉了老太太或其夫主嫡妻的命令,方许得穿红裙。

实在披风、红裙,也不能算妇女的大礼服,也只能算常礼服罢了。从前上等妇女穿大礼服,只有两次。一次是出嫁做新娘的时候,凤冠霞珮,大衣方巾,这些都是古礼,那真是女人的大礼服。一次,无忌讳地说,便是入殓下棺材的时候了,也是凤冠霞珮,但没有大衣方巾。记得吾祖母、吾母亲,都作这样装束。现在有许多老太太们做好了寿衣的,也许还有那种装束,以后恐没有了。

妇女的便服,在我们小时节,上身总是穿了一件袄子。从皮袄以至夹袄,都称为袄。倘然是单的纱的,那就不称为袄而称为衫了。下身必定穿一条裙子,裙子是黑色,上中人家总是丝织品,乡下人家或有穿黑布裙的。倘然是那种诗礼之家,妇女们一起床,便把一条裙子穿在身上,直要到夜里睡眠时,方始脱去。不穿裙子的妇女,要是见了一位宾客,不但是有失礼仪,而且是一个大不敬。苏人称不穿裙子的,谓之"单叉裤子","单叉"音同"担错"。

小姑娘们,照例在十三岁就可以穿裙子了,生得娇小的,到十五六岁也要穿裙子了。妓女是不穿裙子

的居多数，从前良家女与非良家女的分别，就在这一条裙子上。但年长的妓女们，也有穿裙子的。到后来，良家妇女也不穿裙子，良家与娼家，竟无从分别了。但在未曾流行旗袍之前，闺中少妇，出门终必须穿裙子。裙子的被废，是有两个原因。大的原因，流行了旗袍以后，裙子遂废。小的原因，妇女放足以后，渐见粗线条作风，大有毁冠裂裳之势了。现在所留遗蜕，仅有十四五女郎，一条西式的短裙。

从前妇女们的上衣，前垂及膝，后垂至股，衣袖也非常宽博。到后来，渐渐短，渐渐短，仅及腰际，圆圆的双股，突露于外，曲线型变成为流线型。当时士大夫都觉得有点不雅观，然而此为娘子军本身之事，虽欲干涉，亦无从说起。幸而男女的衣服上，忽起一大革命，即男子本穿长衣者，忽而竟穿短衣；女子本穿短衣者，忽而竟穿长衣了。即男子本穿长袍，忽改西装；女子本穿短袄，忽穿旗袍是也。女子的衣袖，自宽博一变而为窄小，更由窄小一变而为短缩，今则由短缩一变而为乌有了。

女人衣饰中，有一神秘之物，使男子见之而魂销者，则抹胸是也。抹胸之名称甚多，苏人则呼之曰肚兜，因为妇女紧束前胸，以护其乳，辄令男子作艳想。骚人词客，恒有以此为吟咏的，什么"塞上酥凝，峰头玉小"，风魔了许多色情狂。其实在当初，男子也有束抹胸的，在《红楼梦》上，贾宝玉不是也束抹胸的吗？而且这样东西，束惯了竟是除不掉的。我有两位老朋友，他们年纪已经五六十岁了，还是束着抹胸，问着他们，据说不能除去，一除去就得肚子痛。实在男人的抹胸，不是护乳而实是护腹的。

抹胸是作斜方形的，上系以绳，环诸颈间。年青的女人，往往系以金链，这种金链条，有粗有细，各随她们的喜欢。中等人家的女子，不用金链条，也有用一根银链条的。即小家碧玉，也有用一根朱红绳的，在雪白的粉颈上，露出一缕红痕，也使人发生一种艳想。下面又有两条带，束在背后，而最下的一只尖角，直遮过肚脐，达于小腹。所以这抹胸是女子最接近肌肤之物了。

抹胸的颜色，种种不一，自然以颜色最娇艳为最佳。质料是夏日以纱，冬日以绉，总以轻适为宜。红色的抹胸，尤为人所艳称，因为有刺激力咧。画秘戏图的，总加上一个红抹胸，实在也有许多女人，喜欢

这种红抹胸的，好似一道红墙，遮断游仙之路，其实愈使人忍俊不禁了。吴俗，新嫁娘必束一红抹胸，或绣以鸳鸯之类，盖以红色为吉祥，实则令急色的新郎，对之更消魂欲绝咧。

抹胸上有洒以香水、贮以麝屑的，这种媚人之法，以前妓家常为之，真做到了"罗襦乍解，微闻芗泽"了。其实妇女在抹胸时代，倒也宽紧随意，并不束缚双乳。自从流行了小马甲以后，那真与卫生有害，足以戕害人体天然的生理。那种小马甲，虽然多半以丝织品为之（小家则用布了），然而对胸有密密的纽扣，好像是把人捆住了。有一位肌肤丰腴、躯体健康的姑娘，告诉我不敢透气，稍为用力一透气，胸前的纽扣"毕力剥落"的都脱线了。因为从前的年青女子，以胸前双峰高耸为羞，故百计掩护之。后有提倡解放乳部者，深恶痛嫉于小马甲，但今日旧式的女性，尚有穿此的。小马甲板板然，远不及抹胸的花捎了。

青年女子的不欲以乳部显露于外，古今中外，殆同一例。近日流行之乳罩，舶来品也，此物渐趋于大同。若女子所穿的游泳衣，照现在最新型的，仅掩护双乳，其式样实与吾国古式的抹胸无二（背部亦全露)。游泳衣亦有与下面之三角裤相连者,大概女子衣服的解放,除性部与乳部遮掩外,其他全可赤裸于外。此其反动的力量,却相当的大。

有一时代,女子颇有作男妆的,甚为彻底,自衵服以至外衣,全是男性的装束。惟此事名门闺秀,以及小家碧玉均少见,大概其一出之于女伶,其二则出之于倡家。此种装饰,更宜于冬日,貂冠狐裘,玉容掩映,也颇见风华。在北方之女伶名倡,也颇好作男装者为硕人顾顾者,尤为相宜。据她们说,穿男衣服,较为温暖,故于冬日尤宜。自旗袍流行后,也足以暖体,穿男装的也渐少了。

(《杂志》1945年第15卷第3期,署名天笑)

下 篇

人类总是两截穿衣,自颈以下至于腰间为一截,自腰以下至于足踝为一截。虽有许多种族,外表均被有一长衣,而内服大都是两截的。近年来有许多工人服,将衣裤合而为一的,但不过是便于作工起见,此外衣裤合一的便少见了。

在我们小时候,男人的裤子,总是扎了脚管的。在穿了礼服时,脚上穿了靴,老是把裤脚管塞在靴统里的。在不穿靴子时,不扎裤脚管的,也有将裤子塞在袜统里的。因为这时候,舶来品的纱袜丝袜,尚未流行到中国来,我们还都是穿的长统布袜。有几位年青爱漂亮的人,便是扎了裤脚管,也是齐齐整整的,用了缎带,或是一种织花的带,绑得笔挺。可是有几位老先生,带子即缝在裤脚管上,随便一束,便觉两腿臃肿不堪,好像两盏大灯笼,这便叫做"灯笼裤"。

裤子总是满裆的,惟小儿则穿开裆裤,便利于溲溺也。惟自西式裤流行以来,前面开裆而加以纽扣。裤之色不一,各随其意为之,惟女子之裤,方用种种娇艳之色，男子不能为妇女之服也。裤亦随时令而转移，从单裤，而夹裤，而棉裤（后又流行丝绵裤），而皮裤。不过穿皮裤者，江南之人极少，惟北方人御之。从前有一位吴退旂尚书，体弱患寒，到了冬天，穿了夹裤、棉裤、皮裤，都人士戏呼他为"三库大臣"。

在三十年以前，还盛行着一种套裤，穿在裤子之外。有人说是古已行之，名之曰胫衣。其形上口尖，下口平。或单，或夹，或棉，均有之。其质地则或缎，或绸，或纱，颜色也至不一。因为下面扎了脚管，人家也有把各种东西塞在套裤里的。记得我有一位姻长某君，他家颇富有，而性最节俭，出门倘然遇雨，他便将套裤翻过来套上，因为夹里是布质的。有一天，在仓桥浜某妓家吃花酒，客都坐了轿子，而他只是安步当车，天有些下雨了，有一位侍儿说道："某老爷，已经下雨了，你这一双套裤溅了泥可惜，我来给你翻转来吧！"人家都匿笑之，而我这位姻长深赞这位侍儿的能知节俭，深合己意，因之报效颇厚。

套裤不独男子所用，在妇女也常常有之。但是只有北方的妇女，穿了这种套裤，南方的妇女，穿的很少。至少也在江苏镇江以北，扬州等处妇女始穿之。

这在于妇女的扎脚管与否，北方妇女扎脚管，南方妇女不扎脚管，惟扎脚管的妇女，乃穿套裤。

短裤，近始流行，在夏日以一条黄短裤，一件香港衫，可以周旋于大庭广众之间。在我们年青时代，不大穿短裤。然而短裤之制却甚古，汉朝司马相如所穿的犊鼻裈，便是古代的短裤。又有一个名词，唤作牛头裤，因为其形如牛头故。农人们耕田时，跣足露胫，仅以短裤蔽其私处，不为人见罢了。到了后来，妇女的极短的裤子，称为三角裤，竟成了香艳之品了。

在从前，妇女之裤不为人所见，名之曰亵衣。凡成人的妇女，必穿裙子，裙之内，方为裤，对于下体，好似严密深藏一般。北方的大闺女，虽然不穿裙子，然而却扎紧了裤脚管，好似一道防线。北方年轻妇女，好用大红颜色，往往穿一条大红的裤子，大概红色为刺激性的颜色，其次则为绿色，或者红的裤子是绿的带，反之，绿的裤子便是红的带了。

以前南方女子，也有喜欢穿红裤子的，掩映于罗裙之内，也觉得很为艳秘。但到了后来，渐渐由深红而淡红，直到如今，她们的丝汗衫、丝短裤，不是还流行淡红色的吗？总之，粉红色是一种娇艳而使人陶醉的颜色，妇女们所以每喜用之。

因裤子而谈及裤带，妇女每有用绣花裤带者，不独妇女，男子亦有用此者，然而究竟不大方。且裤带的考究者，仅在夏天，我记得我们老是以白绉纱或白纺绸为之，取其可以洗濯也。后有用织成的硬裤带，而扣以铜环，或有用皮裤带者，然皮裤带于夏令不相宜，透汗有恶臭。穿西式裤有用背带者，然我觉其不及裤带的方便。

新女性有不用裤带的，于裤腰上系以宽紧之带，可以随意伸缩，这是最近的事。据画家讲人体美的说，中国女子最觉得遗憾的，是腰间一条裤带痕。然而欲去此裤带痕，惟有不束裤带已耳。

中国究竟为文化礼教之国，所以妇女必穿衬裤，即使现在由长裤而改为短裤，然里面每加以衬裤。若西洋妇女，在家中宴居时，往往不穿衬裤，真可以说"垂裳而天下治"。在盛暑之夜，公园纳凉，芳草如茵，箕踞而坐，则可一览无馀。中国人少见多怪，目此为不祥，群相骇笑，其实在欧美妇女界，视为恒事耳。日本妇女，本多穿裙者，然里面亦不穿衬裤者多，惟闺秀令娘，则每穿"股衣"，股衣者，即中国人所称之

衬裤也。

有一时代，上海妓家，流行一种服饰，衣短仅及腰，紧束于体，而裤脚管极巨，双股高耸，颇形曲线之态。但行之未久，则又改变形式，裤管由低垂而渐渐高起来，几及于膝。那时有一高姓的妓女，她的裤管最高，有人戏呼之为"高半天"。

妇女的裤子，与缠脚大有关系。在裹足的时代，裤管愈低愈佳，以其能掩护双弓。且有一等妇女，虽缠足而其足并未纤小，于是有装成小脚的，亦必借重裤子，以为之掩护。自缠足解放以后，无所用其掩护，而且舶来品的丝袜、纱袜，早夺了旧日罗袜之席，于是裤管既大且博，即行走的姿势，可以大踏步向前，不必再作姗姗之莲步了。

北方女子的紧束其裤，与气候大有关系，因北方地气寒冷，恐腿肿受寒所致。即以男子而言，南方劳动阶级，一至夏日，即多跣足，虽至深秋尚然。若在北方，则跣足甚少，至冬更无论矣。南方妇女的裤子，因为不扎脚管，到了冬天，恐防有风侵入，于是有一种像筒式而翻以棉，上下皆作平口的，缚在小腿上，名曰"裹腿"，外面再以裤罩之。那种裹腿，苏人则呼之曰"卷膀"。

从前妇女，还有穿膝裤的。据考古家说，古时男子也用膝裤，《宋史》上记载，秦桧死，高宗告杨沂中曰："朕免膝裤中带匕首矣。"虽如此说，我想名词上同为膝裤，其形式必自不同。至于女人所用的膝裤，却在胫足之间，覆于鞋面。在我儿童的时候，妇女们已经不大用了，但我们还有得看见。在喜庆的当儿，新妇对于舅姑，供献鞋履等物，便有此物列盘中，大概以绿色者为多。

中国的服装，不改革则已，一改革必为西式，所以我说世界的衣服，有渐趋大同之势。我且把鞋袜两事言之。

在西式的袜未曾到中国之前，无论男袜，无论女袜，都是手制的多。我在孩童的时候，所穿的袜，都是母亲所手制的。三岁以内的小孩子，总是红鞋绿袜。吾家中慈亲，是爱惜物力的，因此绫罗等物，不为儿童制袜。我记得我在五六岁的时候，还是穿的花布袜，后来渐渐改穿为青布袜了，到十岁光景，看见与我年相若者，都穿了白布袜，我也要求改穿白布袜了。

从前鞋子上有一条梁，袜子上也有一条梁，鞋梁

与袜梁作一直线，倘然歪曲了，便觉得不好看。到后来，流行了一种鞋子是没有梁的，当时称之为"蒲鞋面"。以后，除了有几位老先生，还穿那种有梁的鞋子外，其馀便流行了无梁的鞋子。袜子自舶来品输入后，便也没有梁了。正在这个时候，妇女的发髻上，本来扎有一个把根心，此刻这把根心也取消了，时人以为男子鞋上无梁，女子髻中无心，称之为"男女从此无良（梁）心"。

在未流行洋袜之前，我们都穿白布袜。但这种袜的质料，也都是用洋布制成的。中国在这个时候，还没有纺织厂，还没有大规模的机织厂，可以织布，只有那种半手工的土布而已。洋布进口以后，雪白细致，为人乐用，于是竞购洋布。有好几国都有织成的布匹，运输到中国来，倾销于上海市场。譬如制袜的原料，当时都喜用荷兰布（荷兰国所产）、花旗布（美国所产），以其坚韧耐洗，愈洗愈白。

布袜也有长统、短统之分，长统可以及膝，短统仅能掩胫。袜有单的，有夹的，有棉的。单袜宜于夏，但我们日常所穿的，大概是夹袜而短统，穿两三日后，面有污光，可以翻一转身，再穿一二天。棉袜宜于冬，但尤宜于老人,年轻人病其臃肿,不喜穿也。袜的半进化,到了这个时期,市上袜店林立,他们都用缝衣机器制造,渐渐已脱离家庭手工业的时代了。

在穿布袜的时候,在袜子里面,还有人裹了一块方方的布,这布呼之为"包脚布"。包脚布有两种,一种是裹在袜子里面的,一种是穿靴子时,裹在靴子里面的。自从不穿布袜,与不穿旧式靴子以后,包脚布便也废了。更有一种,称之为"袜船"的,施之于足,仅有下缘,其形类一船,这"袜船"两字,颇为新颖。

女子自从放足以后,在鞋袜上,可称一大革命。当其在缠足的时代,重重束缚,以帛或布裁成条,紧束之,其名曰"行缠",俗谓之脚带。凡上中人家的小女儿,到了四五岁的时候,便要穿耳缠脚了。穿耳,便是在耳朵上贯以两小眼,这不过忍痛于一时,为了将来可以戴耳环的缘故,其实也是野蛮的遗风。至于缠脚,正是使一个女子,受尽一世的苦。为什么中国千馀年来,愚陋固蔽,一至于此呢?

语云:"小脚一双,眼泪一缸。"一个五六岁小女孩子,正在天真活泼而发育的时候,把她一双脚裹得紧紧的,走起路来一跷一拐,真觉得残忍。而且这个

痛苦，一直要由少年，而中年，而老年，直至下棺材为止，也永远是畸形的了。虽有慈爱的母亲，也不肯放松她的娇女，为的是为将来体面计。因此小女儿为了缠脚，哭哭啼啼，令人心酸，而其母往往咬紧牙关，忍心挥泪为之。这是为了什么？为了社会上尊重缠脚之故。所以像那种恶风俗的遗传下来，实在是社会罪恶，人民愚蠢，有以致之。

记得某女士曾说过："倘然女子的缠足，为了男子要压抑女性、玩弄女性而使其如此的，我要力能报复，恨不得把中国男子，一个个也使他们缠起脚来，方出心头之恨。"这话自然是出于愤激，然而使中国妇女，受这千馀年来的荼毒，怨恨也实在很深的了。因为缠脚之故，而使妇女吃多少痛苦；因为缠脚之故，而使国民身体不健康；因为缠脚之故，而使全中国一半妇女，都成了残废的人。你想这缠脚之害，大不大呢？

缠足的妇女，除缠了脚带之外，外面加以一布袜，名为袜套。此项袜套，亦有用网罗者，古人却肇锡它以美名曰"藕覆"。不是唐朝的杨玉环，在马嵬坡香消玉殒以后，尚留一只称为藕覆的袜子，留于路人凭吊吗？不过我们不知道这藕覆是何种样子，也不知道唐朝女人的脚,是否束帛像莲钩一般呢。

从前古人对于女人的袜,必称之曰罗袜,见于诗词中者最多。以我所见,江南女子,穿丝织物袜子的不多,偶然以纺绸等制成袜子的,视为奢侈的装饰了。惟妓家颇能推陈出新,偶有于袜上绣以小花的,群以为奇。如赛金花,曾有一度,人见其袜上绣以墨蝶数翼,曾孟朴的《孽海花》中,曾有一个回目,把她穿黑蝶袜的事,叙入其中。

自从放脚以后,当然也不用行缠,无须袜套了,真是得到了大自由、大解脱了。在这个时候,正是舶来品的纱袜、丝袜,大量地倾销到中国来的时候了,无论男女,脚上都穿洋袜。但是最可叹的,那时候,中国自己还没有一家织袜厂,全是外国输入的舶来品。据说,在第一次欧战以后,苏联厉行五年计划,她们妇女有一种协定,倘然自己国内没有丝袜厂,绝对不穿丝袜。况且苏联的妇女也和男人要一样的工作,她们常常有妇女工作队,以建设她们的国家,不是穿了丝袜出风头的。可是妇女的天性,总是好装饰的,记得吾友某君,曾送了苏联少女一双丝袜,她非常喜悦,在寻常日子,却不肯穿。直到了苏联自己有了丝袜厂,

她们当然也穿起丝袜来了。

但我们中国的娘儿们，便不管这些，她们就是最喜欢洋货，因此有许多外国商人，到了中国来，第一要调查中国贵妇人所喜欢的那种货色，于是打了样子到外国去定货。譬如说吧，冬天女人手里所捧的热水袋，在外国人向来只不过医院里病人所用的，有什么地方，非得用热水暖一暖，便用了那种热水袋，这功用也和医院里所用的冰袋一样。但是到了中国来后，摩登女子，每人手捧一袋，除了当它是手炉，暖手以外，还可以算装饰品。此仿彼效，销场便好起来了。商人不管什么，只要货物可销，合乎中国女人所需要，于是大量到外国去定来，而且尺寸合度，颜色娇丽，更足以使中国女子爱不能释了。

我今再说到丝袜，丝袜有长统的，有短统的，有中统的，笔难尽述。短统的长仅及胫，中统的可以蔽膝，而长统的直达于大腿的最高峰。至于丝袜的颜色，可以说要什么颜色，有什么颜色。颜色往往随时代而变易，大之在于国家的定制，小之在于社会的好尚，常常为之变换，衣服如此，即一袜之微，亦复如此咧。男人的穿丝袜，有一时代是白色的，有一时代是黑色的，有一时代是灰色的，但娇丽的颜色是没有的，可是女人们的丝袜，颜色却是真多了。大概有一个原则，男人是喜欢深色的，女人是喜欢浅色的。所以女人所穿的丝袜，大概是雪白的，浅灰的，最近又流行肉色的，也取其洁净的意思。

但到了最近，女子到了夏天，又流行了赤脚，那就不必再要穿袜。本来那些似玻璃一般透明的丝袜，虽穿也宛如未穿，又加以其色与肉体相似，似乎更不必多此一举了。但是女子总是爱修饰的，虽然夏天省却了丝袜，然而也花上了腿上的化妆品。据说她们腿上的化妆品，什么油膏咧，香粉咧，恐怕每日的消耗品，也许过于所穿的丝袜吧。

近年来，男女都穿了皮鞋，这也是趋于大同了。然而有一班年老的人，还是喜欢穿旧式的鞋子。我们在儿童的时代，鞋子都是母亲所手制。古人说："慈母手中线，游子身上衣。"其实身上的衣服，也许出于缝工之手，脚上的鞋袜，却大半是慈母手中线了。我在十岁以后，方不穿母亲手制的鞋子。我还记得，我常穿一种黑布面、毛布底的鞋，每双制钱三百文，穿了很舒服。

六十年来，即男子所穿的鞋子，也起了种种改革。以鞋面而言，有云头的，有镶嵌的，有双梁的，有单梁的。也有各种人所穿之鞋，种种不同。如和尚则穿黄色之鞋，菊花中有一种名为"僧鞋菊"者，即以象形而言。道士法师等所穿之鞋，名曰云履，或以红缎为底，而镶以云头。农人则穿蒲鞋。轿夫则穿草鞋。工役则穿快鞋，其鞋面用坚韧之线，密密缝缝之，名之曰"千针帮"。

鞋底亦时时变换，当我在十八九岁时，吴中少年，流行穿高底之鞋，垩之以白粉，高可半寸许。既而又觉高底者不流行，于是群穿薄底之鞋。鞋底通常以皮为之，然而亦有布底者，有纸底者，有毡底者，然皆宜于晴而不宜于雨也。

在雨天，古人当穿木屐，因为我在幼时，每逢天雨，见乡人都穿木屐。现在日本人尚穿木屐，犹存中国古风。而中国各省，亦均于雨时通行之，闽粤两省为尤甚，不论晴雨，不问男女，皆蹑之，街头橐橐之声，时复盈耳。雨天所穿之鞋，尚有一种名钉鞋者，鞋底着钉，故名"钉鞋"（亦有用靴式者，即名之曰钉靴），但穿之举步甚重。后又流行一种以桐油等漆其底，使不漏水，名之曰"油鞋"。凡此，都是为了防雨所用。及至今日，每逢雨天，则有所谓橡皮套鞋者（亦有长统作靴式者），觉得简便多了。

在礼服上，男人都是穿靴，凡文武各官，都是穿靴的。靴的材料，大都以黑缎为之，北京从前所制的靴，最为著名。在前朝，靴的式样是方头的，一到了清朝，改换了式样，变成尖头的了。某一次，观某一剧团演戏，故事是属于清代的，因此演员都穿了清代衣冠，但他们所穿的靴，却是方头的，这就不对了。可是古装戏都是穿方头靴的，不过清代的一种朝靴，着以入朝的，也是方头，不知道为什么仍沿旧制。还有，虽然在清代，道士的靴，也是方头。

有父母三年之丧的，改穿布靴，否则大概穿缎靴。虽在国丧中，也穿缎靴，惟近支王公，方可以穿布靴。

还有一种薄底短统者，称之为快靴，亦名爬山虎，却是武人们穿的，取其便捷。靴统中亦可藏物，甚至有藏以短刀者。

中国的军士，向来是穿草鞋的，故行步趫捷，且宜于爬山越岭。此种草鞋，各地不同，据说南方军士，如广东、广西军士所穿之草鞋，其质甚佳。近亦有穿布鞋，或跑鞋，惟不能如外国军人的穿皮鞋，或谓穿皮鞋，反不及穿草鞋之便利。

年来无论男女，都喜曳拖鞋，拖鞋是没有跟的鞋子，随便可以拖曳。本来此种拖鞋，仅可以在房闼间随意拖之，可是近来竟有拖了拖鞋，走出门外的，这觉得太无礼貌了。拖鞋有光怪陆离，制成极花捎，也有仅仅以草织成的。若摩登女郎的拖鞋，大都绣以花，甚或绣以轻怜密爱之词以赠所欢。

在女子缠脚的时候，她们的鞋子，谓之弓鞋，其质都是绫罗绸缎为之，上面加以绣花。这种鞋子，大概是妇女们自己制的，倘然在这个时候，而告诉她们将来女子的鞋子，要出一个壮夫之手，谁也要掉头不信，而以为是一种梦呓。所以在我们小时节，市上只有男鞋店而没有女鞋店的。到后来，上海陆续开设许多女鞋店，在当日是意想不到的事吧。

女子的缠脚，固然有缠得极小的，但也有缠得不甚小的，名之曰"半搁脚"，在扬州人，称之为"黄鱼脚"。这不过是束之略形瘦削，未曾使脚骨拗折。然而当时妇女则耻为大脚，于是遂有装小脚的，有的在鞋底装以一圆木，名之曰"装高底"，有的用竹片夹住,此种情形,等于演京戏者的花旦装蹻,甚以为苦。试想大脚而必欲装成小脚,真是"削足适履,凿枘不入"咧。

到了后来,群起提倡放足,有几位本来未缠过脚的,扯去脚带,实行解放。而有几位已缠过脚的,一时未能放大,然而小脚伶仃,反为人所讪笑。且有年过花信,而志切求学者,但一双小脚,踯躅不前,自己非常悔恨。那时市场中已有女子皮鞋出售,不缠足的女子,以穿皮鞋为出风头,而缠足的则亦勉强穿皮鞋,不得不于鞋肚中塞有不少棉花,方能行路,时人谓之"装大脚"。

自从女子流行高跟皮鞋以来,于妇女的鞋子上,也是一大改革。从前欧美人,每讥嘲吾们中国女人的缠脚,谓其矫揉造作。但高跟皮鞋的弊害,虽不及缠脚之甚,然而穿惯了高跟皮鞋以后,也可以使脚变成了畸形。有几位太太小姐们,穿惯了高跟皮鞋以后,穿了别的鞋子,竟不能走路。倘然穿了,便觉得脚底痛,甚而至于连她们所穿的拖鞋,也是必须高跟的。

女子何以要穿高跟的鞋子,大概是为了穿高跟的鞋子,有摇曳之美吧;或者因为女子的体躯,总是比较男子为娇小，穿了高跟皮鞋，可以使身体高一点，成了长身玉立吧。不过女子穿高跟鞋子，这也不能算外国独特的风气，在中国也是流行的。即在缠脚的时代，也是纤厥趾而高其跟的。女子的弓鞋，在后跟衬以圆木一块，名之曰"木底"。江南女子，大抵都穿那种鞋子，行时阁阁有声，使人一听，便知道女子步履之音。在古时不缠脚时代，虽不可考，然而也许女履是高底的，因为吴王时代有"响屧廊"，便是当初西施穿高跟鞋的遗迹吧。

　　从前的女子，临睡时还穿一种睡鞋，那是香艳的，软底的，不染尘的。古人做艳体诗词的那种描画意淫的文人，常常有咏睡鞋的，记得彭骏孙的《一萼红》中，有几句道，"合欢不解，同梦相偎，天然无迹无尘。巧占断春宵乐事，问伊家何处最撩人。绡帐低垂，兰灯斜照，微褪些跟"云云。与吴蔚光的咏美人鞋《沁园春》中，有几句道，"有时试浴银盆，似水畔莲垂两瓣轻"云云，同使读了为之魂荡。然而也可以看得出两件事，一件是虽然在合欢时候，也不脱睡鞋的，所以句中曰"合欢不解"，而被底撩人，这睡鞋倒有力量；二则，女子当洗浴时，也不脱鞋子，所以

"试浴银盆"时,"似水畔莲垂两瓣轻"了。

满洲妇女的脚,都是天足,她们的鞋底也是以木为之。其法,在木底的中部(即足之重心处),凿其两端,成为马蹄形,因此呼为"马蹄底"。底的最高者,达二寸半,普通也都有寸馀,其式也不一,而着地之处,皆作马蹄形。底至坚,往往鞋已敝而底犹再可用。穿此高底鞋者,以少妇少女为多,年老的妇人,都以平木为之,名曰"平底"。少女至十三四岁,即穿高底。可见高底之鞋,是通用于各种族的女子。惟欧美的妇女,高其后跟,而满洲的妇女,却高其足心,为不同耳。

关于女子的装饰,今昔有种种不同,略述如下。

从前女子是都有发髻的,以我所见,最先女子的装饰,有大一半是集中在发髻上的。古时的玉钗金簪,不必言了。最盛行的,曰"押发",有金的,有珠的,有翡翠的;其次曰"茉莉簪"(以其形似茉莉),亦有金珠翡翠的;更有曰"荷花瓣",形如押发之半。此三种为最普通的。妇女发髻上的插戴,以金器为多,后又流行"金挖耳",可以供剔牙挖耳之用。尚有一种名"金气通",为夏日所用,似簪而中空,有细孔,插于

髻中，使空气输入发际也。

自剪发以后，青年女子，颇注意于胸饰。胸饰有两种，一则在衣服之外，一则在衣服之内。在衣服之外者，大都为珠钻之属，有珍珠扎成之花篮、凤凰、寿字等形式，亦有镶嵌以金刚钻者，其华贵可想。在衣服之内者，则曰金锁片、金鸡心之类，每以金链条扣诸粉颈，悬诸于玉雪酥胸间者。金锁片上，往往镌有闺名，或作吉祥语的。若金鸡心则制成一小盒，其中贮有照片，或其爱人，或为慈母，表示其常贮心胸之意咧。

以前女子每留长指甲，以为美观，长者有至三四寸者，其细如葱，时加修剪。其保护此指甲（留指甲必在无名指与小指上），使不损坏者，有套以银管者，名之曰"银指甲"。亦有染以凤仙花汁，作猩红色，如今之蔻丹然。惟近今妇女之指甲，则修剪平整，若为弹奏披霞娜起见，那就十个指头，必须片甲不留。

脚镯，亦名足钏，闽粤、淮扬之间，男女皆有，以银为之，都属于儿童辈，男子长大则卸之，女子往往至嫁后产子方除去之，大约为厌胜之具，惟今已作装饰品了。舞女歌倡，竞以脚镯、脚链为饰，掩映于蝉翼丝袜之间。更有系以小金铃者,行步时丁零作响,几疑为花底猧儿也。

世界人类的服妆,恒随时代为改变,在平日间,则五年一小变,十年一大变,若为易朝改制,则更为一巨变。在我所经历的六十年来,固已变迁若此,今后的改变,将更无已时。人类究竟不能毁冠裂裳,赤裸裸的重返回到元始之初,世界无尽,妆服亦无尽。我所述的,仅不过短短六十年的光阴,挂漏的地方不少,尚望读者有所补正咧。

（《杂志》1945年第15卷第4期,署名天笑）

六十年来饮食志

上 篇

写《六十年来妆服志》后，又写《六十年来饮食志》，揆诸人生必需之事，则衣、食、住、行四者，衣之下，即继以食，而况民以食为天，饮食尤为人民养命之源。饮食将如何分类呢？古人云："冬日则饮汤，夏日则饮水。"至后世日事繁赜，而饮料之中，遂有茶、酒、汤、羹、浆、酪之属，层出不穷。食与饮之分界，似属于有定质之物，以之入口者，但界限不能如此其清。所谓食品者，有时也包括饮料而言，因为凡可以供人口腹之养者，都可以称之曰食。

曰《六十年来饮食志》者，就我自有知识以来，所闻所见，以及我之所亲尝者，笔而出之而已。以为饮食两字，范围太大了，自有人类，即有饮食，上追千古，下及万世，饮食也变化无穷。六十年为一最短时期，就此最短时期中，取其片鳞断羽，也算是由博返约的意思。现在科学进步，人事变迁，再六十年后，即饮食一端，或者不同于今之六十年了。

我先以综合言之，人生每日必有饮食，所谓家常茶饭者是。以言家常茶饭者，就是每日必需的饮食了。

就吾家乡（苏州）言之，乃是三餐制度。我们有句俗语道："日度三餐，夜度一瞑。"三餐者，晨餐、午餐、夜餐也。这个三餐制度，全中国有不少地方遵行，不但是大江以南。

若我们家中，早晨是吃粥，中午是吃饭，夜里是有粥有饭，那是常例。若以变例而言，早晨或不吃粥，那就吃点心了。点心种类繁多，那不能一一举出，从大饼油条起，一直到精美饼饵，都是点心。但中午必吃饭，倘中午而吃粥，那就有无米为炊之势了。但也有人家，每逢家中有人生日，举家吃面（面条），在中午省吃一餐饭的，名之曰"面当饭"。至于夜里，便有许多人家不同，有的人家只有饭，没有粥；有的人家只有粥，没有饭。可是在上中普通人家，大概夜里是有粥有饭的。

粥有两种，一曰米烧粥，苏人又称之曰白粥，以熬得稠腻为贵；一曰饭泡粥，苏人又称为泡饭粥，那是以饭改煮成粥，往往以锅粑烧之，别有一种焦香之味。这两种是家常的粥，《朱子家训》曰："一粥一饭，当思来处不易。"这是教人惜食之意。因为到了荒年，

粥也不容易得着，何况饭呢。

三餐制度，是人民进食的标准，也是一种常例。但各地有两餐制的，有四餐制的。两餐制的，大概在上午十点钟时进一餐，下午四点钟时进一餐，这两餐都须吃饭，不能再吃粥了。苏州有几处乡下地方，也有行两餐制的，还有住居船上，作水上生涯的，他们有的是两餐制。因为他们睡得很早，总是在太阳还没有落山，便吃了夜饭睡觉的。实在每天吃两顿而多吃，和每天吃三顿而少吃，不也是一样吗。

颇闻广东亦有盛行二餐制的，惟广东人喜吃宵夜，虽二餐而实非二餐。惟伍秩庸先生（廷芳）曾提倡二餐制，他说："以一日二餐为最适当，午前以十一时至十二时为宜，午后以六时前后为宜。两餐以外，不进杂食，而粤人的宵夜，尤不相宜，以其密迩睡时，有碍消化咧。"但他虽这样说，而听从者极少，又有人以为早起的人，五六点钟即起身，至十一点钟再进食，不要太饿了吧？于是又有人倡议废止朝食的，蒋竹庄曾著有一书，名《废止朝食论》。练习之时，虽然觉得很苦，但久之也能习惯。既废止了朝食，便自然而然地成为二餐制了。

四餐制,有早晨多吃一餐的,似牛奶、鸡蛋、豆浆之类,然后再吃粥。有的地方,早晨就吃饭的。也有晚上多吃一餐的,倘然六七点钟吃了夜饭,睡得迟的,到了临睡时,便要饥饿。广东人的吃宵夜,大概也为了睡得迟的缘故吧?不是广东宵夜,在半夜也有吃饭的,名之曰半夜饭,但至少也有吃一顿粥,方始就睡的。

其实在苏州上中阶级的家庭间,也是四餐制,因为他们通常一顿晚点心终要吃的。苏州人喜欢吃点心,所以点心的种类很多,每至下午四五点钟的时候,娘姨大姐们,携了精巧的篮子,去买各种各样的点心,住在观前街前后左右的人家,尤为便利。因为苏州住宅间,吃夜饭并不早,往往至八九点钟,更有几位写意朋友,每天在夜饭前,必定喝几杯酒,那就更没有一定时候了。

营夜生活的人,从吃夜饭到睡觉的时候,距离很久,所以常有一班小贩,利用这个时间,卖些食物,以供给夜间工作的人,其种类也很多。在内地,有卖包子大馒头的(大都由山东人营此业),有卖汤团的,有卖馄饨的,有卖其他一切的。在上海,有卖五香茶叶蛋的,有卖猪油夹沙粽子的,有卖白糖莲心粥的,有卖其

他一切的。那些都是给夜生活的人吃的。我们在报馆里营业的人,那些编辑先生、校对先生,做到半夜里,往往报馆里也供给他们一顿粥,在冬天寒夜,尤其相宜。

在许多较大的旅馆里,中国人称之为某某大饭店,有许多参照西式,膳宿同包在内的,往往有五餐制。最早是牛奶一杯、饼干数片。到了八九点钟,方始晨餐,有煎蛋、麦粥、炸鱼、咖啡等等。中午是正式的午餐,晚间还有小食,到了夜里,方始为富丽的大餐。那不是一天吃五顿吗?有些大轮船的大餐间里,也是如此。

医院中,没有规定几餐的。有一次,我卧病在红十字会医院,每天进食至七次。越两小时,进食一次,大概从早晨六七点钟即进食,一直到下午七点钟,七点钟以后,即不复进食了。惟所进之食,以流质物为多。但我所住的房间,为头等房间,普通房间,恐未必能这样吧。

宴会必以酒席,这是中外古今所同者,即此可见饮食为义的重大。在我们中国的筵席,大概分七种,第一种是烧烤席,第二种是燕菜席,第三种是鱼翅席,第四种是鱼唇席,第五种是海参席,第六种是蛏干席,第七种是三丝席（三丝为鸡丝、火腿丝、肉丝）。此外还有什么全羊席、全鳝席之类，那是例外。

记得我们小时节，中等人家，海参席已经是很阔的了。但到了后来，请客动辄是鱼翅席，一若非此不足以敬客，客也以得餐鱼翅为主人恭敬有礼。其实鱼翅为舶来品，徒销外货而已。有一时代，有许多朋友组织了一个"不食鱼翅会"，但也只是消极地抵制。他们的办法，便是自己请客，不用鱼翅，别人请客，不吃鱼翅的两个办法罢了。

酒席中的最高阶级，名之曰烧烤席，亦称曰满汉大席（中国菜馆市招，常写"满汉全席"，革命以后，将"满汉全席"急改为"大汉全席"了）。实在此种筵席，乃为满洲风俗。烧烤席中，除燕窝、鱼翅诸珍品以外，必用烧猪，或烧方，皆以全体烧之。仪式似颇隆重，酒三巡，方进烧猪，膳夫仆人，皆穿礼服，膳夫奉盘以待，仆人解所佩的小刀脔割之，盛于器中，屈一膝，献于首座的专客，必待专客举箸，陪客方也举箸。

用全只烧猪宴客，现在广东尚有此风，而嫁女必送烧猪，也就是烧烤席的遗俗。其次用烧方，烧方者，

不是全猪，只是豚肉一方。再其次的便是烧鸭，但烧鸭只是普通席中所有，不入于烧烤席的，不见贵重。

燕席菜，次于烧烤席，也以享贵宾时用之。宾客入席以后，第一肴，即进大碗的燕窝的，名之曰燕菜席。倘然盛以小碗，进于鱼翅之后的，这不算燕菜席。燕窝的制法有二，有一种咸的，搀以火腿丝、笋丝、肉丝，加鸡汁炖之，也有蒸鸽蛋于其中的；有一种甜的，仅用冰糖煨之。燕窝为清补之品，不必用于筵席，富家儿也有用之为日常服用品的。

鱼翅席以下数种，自郐以下，可以不论。但尚有最下之一种，名曰豚蹄席，这不过粗鱼大肉而已，然乡村之间，则颇尚之。

全羊席宜于冬季，清江庖人善治羊，可以一席菜全用了羊。蒸的，烹的，炮的，炒的，爆的，灼的，熏的，炸的；或汤，或羹，或膏，或甜，或咸，或辣，或椒盐。所盛之器，有碗，有盘，有碟，有皿，无往而不羊，可以多至七八十品，品各异味，名之曰全羊席。回教中人宴客有用此者，同光间行之。据说甘肃兰州间，也有全羊席，因为那边的羊，极便宜，两三块钱，可买一羊。尽这一头羊，便可以制成不少的肴馔，这也称之为全羊席。

还有淮南府的厨子，出名的可以治鳝的，胜于扬州厨子。他们可以全席都用鳝为肴馔。夸大的说起来，可以做一百零八样的鳝菜，其实也不过那样说说，大概数十品是可以制成的，要多做，便要糅杂牛羊豕鸡鸭等品而合成之了。

此外中国的素菜席，倒是出名的。最好的素菜席，却是在各大丛林、各大寺院中，所云香积厨中的斋饭，胜于荤菜。到了后来，各处都市中，便也开了素菜馆，请了几位居士做护法。不过素菜中有一个习惯，却是以素菜而摹仿荤菜，譬如素鸡、素鸭、素鹅、素肉圆、素鱼翅之类，有许多以伪乱真，做得极像。但是素菜只要滋味好，何必一定要仿荤呢？在佛教的哲学中讲起来，也有一种意义。在科学上讲起来，用植物以代动物的滋养料，所谓人造肉类的也很多，素食是恐怕要大为发明的。

从上面所说的烧烤席以至三丝席，在各种名称之外，还以碗碟之多，分其丰俭。从前最丰的，大概是十六碟、八大、八小、两点心。十六碟者，十六只碟子，有冷盆、热盆、糖果（蜜渍品）、干果（瓜子、杏

仁、花生等)、水果(新鲜的水果)之类。八大者,八只大碗也,盛全鸡、全鸭、全鱼、蹄膀,以及羹汤等等。八小者,八只小碗也,都是精细的汤炒。两点心者,两道点心,大概一为共食,一则各客,甜咸参半。降一级的,有十二碟、六大、六小的,有八碟、四大、四小的,点心也不必两道,仅有一道的。

但后来也渐渐改变了,在光宣之间,有盛行四大碟、八大菜,废除小碗以及糖果之类,这也是由博而约的主张。既而由四个碟子,变成为一个大拼盆,四只鲜果碟子,也变成为一个鲜果大碟子,人取一枚,都是后来的删繁就简了。

官中宴享,往往用十大碗,我在县府考试的时候,吃过一次十大碗。县府考的最后一次提覆,人数最少,县尊府尊,每请童生吃一顿饭,八人一桌,十个大碗。里面的菜,不堪下咽,然而考生们,以能吃这一次的十大碗为荣,大概吃到这十大碗的人,明年必有入泮的希望。十大碗中,有一样菜,那时必定有的,是肉圆线粉汤,这是祝颂抢元之意。倘然一桌是八个人,那有八个小肉圆,这肉圆觉得很名贵的。

十大碗那种菜,宜于吃饭而不宜于吃酒的。我们家中或偶尔请客,除正式婚嫁喜庆外,我总喜欢用九大盆、六大碗。九大盆者,四冷盆,四热盆,外加一瓜子也。六大碗者,鸡鸭鱼肉之类,也取其丰富也。若遇喜庆婚嫁,正日例须用珍果,以及鱼翅,而碟子也须要高装,有种种习惯法了。

到苏州来的人,每歆羡苏州的船菜,但船菜也不过取其精洁而已。凡厨子治菜,最好是只弄一桌,可以使他精心结构,多了便不好了。船菜是在船上吃的,船中只能摆一桌菜,而且他的厨房,就在后艄头,烹调好了,立刻便送到舱里来吃,色香味一概不走失。而且船摇到了风景佳丽的地方,腹中又微微有些饥饿的时候,再进那种美味,当然愈见佳妙了。所以我的主张,船菜只宜于船上吃,倘然送到了岸上吃去,便觉得走味了。

一席船菜,向来是分两次吃的。无论到哪处去游玩,客人齐到船上,总要到十点钟至十一点钟,于是把船摇出去,午餐就算是一点钟吧,这一次吃的并非正桌,只不过是点心小食之类,直要下午六七点钟吃的一次,方才算是正桌,而午餐与晚餐所吃的菜,却不许相同。船菜中的优长之点,是汤好,点心好,但

我却还有譬喻它一点,便是少得好。船菜都不十分丰富,俗语所谓"少吃多滋味",这是文章中的简练精妙的小品,不是那种滥墨卷,使你生吞活嚼、食而不知其味者可比也。

无锡也有船菜,然不及苏州的享盛名。有人嫌无锡的菜太甜,实在别地方人吃苏州菜,也觉得太甜咧。船菜其实就是花酒之一种,因为那种花船,都为伎家所有,所谓船菜者,质言之,便是花船上所制的菜罢了。苏州是个水乡,有东方威尼斯之称,所以各处游观,例须用船,而船妓便风行一时。画舫兰船,装饰优美,在太平天国战乱以前,苏州还盛行一种灯船,船上装满了数百盏灯,船内则鬓影衣香,筝琶迭奏,这个繁华景象,真不可一世咧。

谈起吃花酒,在苏州各倡家,都是自备菜肴,自雇厨子,而且每家都有著名拿手的菜。在晚清时代,这些倡家,都住在阊门内仓桥浜一带,大概是沿河的,她们家里都有水阁河厅。她们的画舫,都停泊在阊门下塘一带,有人雇她们的船,便下船办菜,平时则住在岸上,我们称之为两栖动物。后来城外开了马路,把她们驱出了城外,仿照了上海夷场的样子,就差得多了。

上　篇

　　上海吃花酒，也有自办菜、叫菜、本家菜三种。自办菜最好，这种称之为住宅长三，她们自己雇用厨子，能烧好菜。所谓叫菜者，到菜馆里去叫了菜，送到妓院中去，譬如客人喜欢吃川菜、闽菜、京菜、粤菜的，各随其便，菜的好坏，妓家不负其责。最下的是所谓本家菜，他们称之为"大场户"者，而且逢时逢节，非吃他们的菜不可，其菜之恶劣，真使主人为之啼笑皆非。毕倚虹所咏的"烂了香蕉，黄了樱桃"，就是指此。

　　聚餐会，在中国倒也流行很久了，应了我们中国一句俗语，叫做"蜻蜓吃尾巴，自吃自"。但聚餐会有种种方式，我今列举如下：

　　一，聚餐者十人，每人出银币二元，共得二十元，交与一人主办其事，有馀或不足，平均分配，这是最普通的。

　　一，聚餐者十人，每月一次或二次，十人中轮流当值，丰俭各随其便，自以主宾醉饱为度。这个名称谓之"车轮会"。

　　一，聚餐者十人，每人出银币一元，亦以其中之一人为主办，而一切酒食及杂费，须十元有奇，不足

之数，由主办者任之，而亦轮流当值，不使一人负担过重也。

一，聚餐者十人，各携一壶酒、一碟菜，聚而会饮，这称之为"蝴蝶会"，因蝴蝶两字，与一壶一碟音相近也。此风颇亦很古。

一，聚餐者十人，约计酒食之费若干，先以一人画一丛兰草于纸上，兰叶纷披，十人则画十叶，而于九叶之根，写明出资之数，多寡不同，一叶之根则无字。乃将纸折叠，露其叶之一端，令人各写姓名于上，既毕，展纸观之，即依数出钱，惟其中一人得以白吃。这个方式，带有游戏性质，其名谓之"撇兰"。

以上这种聚餐的方式，我都经过。我是从每餐出资一元起，一直吃到每餐出资五千元，便觉得吃不起了。但现在的聚餐会，仍有每餐出资一万元、二万元的。出聚餐费一块钱的，名"一元会"，从前我有好几次，在苏州，在上海，在北京，都是文人雅集，一块钱有酒有菜，可以醉饱一场。蝴蝶会也曾加入过，但觉得稍麻烦，且近来以饭米发生问题，大有裹粮以从之意，似乎觉得更不见得写意了。

吃菜必须有提调，以提调的差使不好当，而也不可以幸改，必积数十年之经验，方能处此。提调必熟谙各菜馆的性质，知道某一家擅长何物，某一家善治何品，因与之素日相习，故同一菜也，他人价昂而物劣，经某提调之手，则价廉而物美了。又提调必知时价、察物情，适合乎供求相需。因此凡是大宴飨，以及小小的聚餐，有了提调可就便利得多了。

在酒楼饭馆宴客，有整席与零点之分。整席如上文所云，由烧烤席以至三丝席者是也。零点则由客点菜，他们称之为"随意小酌"，又曰"零拆碗菜"，价较昂贵，往往在整席之上，俗语谓之"小吃大惠钞"，不过可随人数之多寡而增损之。凡吃小馆子，可以随便点几样喜欢的菜，最为相宜。在北方有一惯例，客来请点一菜，惟主人则须备大碗之主菜四五品，以为基本菜。

北方馆子里，往往于客已酒阑，由其佣保（北方称伙计）自备二菜或一菜，以敬主客者，名之曰"敬菜"，不算在账内。然而主人不能白吃他的，仍于小账之外，另有所酬。惟南方馆子，则鲜有此种风气，然一样也须额外小账。

北方馆子中，有所谓"自磨刀"者，其实为"自

摸掏"之讹。譬如有三四友朋,踏进了这家馆子以后,省得自家点菜,告诉他要六块钱的菜,请他配一配,供这三四人之需。这便叫做"自摸掏",因为既不点菜,他可以斟酌情形,调剂多寡,而反可以得丰腴的一餐。在南方馆子中,后来流行了"和菜",所谓和菜者,供一桌碰和的四人所需,亦不点菜,而听其安排。但和菜之价目不等,有自二元至八元者,大约所具菜肴,亦粗细不同耳。

从前主人宴客,而其客携有仆从来者,主人也必为之备食,敬其宾也及其使,这种菜谓之"下桌",然而最简约亦为之备五簋。五簋,古制也,记得从前有一位江苏巡抚徐雨峰中丞,在沧浪亭宴僚属,也只以五簋请客。五簋者,质言之,便是五样菜了。若轿夫、车夫等,有发轿饭钱、车饭钱的。若仆从则势不能不备饭,而且饷以残羹,也觉主人太吝了。

中国是共餐制,自大宴会以至于家族进食,都是大众杂坐,置食品于案之中央,大家或以箸,或以匙,取而食之。自从西餐入于中国以后,人各一器,不相侵袭,这便成为分餐制了。有人说,共餐制不卫生,大家把一双筷子攫而食之,而且还取其精华而遗弃其糟粕，更多浪费。遂有倡为"中菜西吃法"，即以中国之菜，仿西菜吃法，也是人各一器，并且也用刀叉诸具。它那程序，也可以先冷碟，次及汤，次及鱼，终以点心米饭，都无不可。近来颇有仿行者，然而总不能流行及广，为什么呢？原来中国的菜，大气磅礴，真力弥漫，宜于共食而不宜于分餐，倘然你要像西菜那般一样一样分开来吃，便失却真味了。

有人说，全世界的肴馔，以中国为第一。这话也是一位西洋人说的。但我们不曾遍尝全世界的肴馔，我们不敢信以为真，惟花样之多，要算中国肴馔为最。试观上文的所谓全羊席、全鳝席，仅仅一物可以制成一百零八品，其他之物亦如此。即以一蛋而言，变化无穷，恐不止此数也。若西菜，就我所知者，不过此数味，了无变化。即此一端，中菜已胜于西餐。并且中菜又靠着名厨，同一材料，同一烹调，而一出以名厨之手，便尔不同，这便是神而明之，存乎其人了。

西菜始流行于上海，起初名曰番菜，又名曰大菜。内地当时尚无之，故内地的人到上海来，有两事必尝试之，一曰坐马车，一曰吃番菜，此两者均为新奇之事。然上海之所谓番菜馆者，非真正之西菜，乃中国

人所制的西菜。大概开番菜馆者，有两处地方人，一为广东人，一为宁波人。故广东人所开之番菜馆，可称之为广东大菜，而宁波人所开之番菜馆，则称之为宁波大菜，尤其是宁波大菜，颇合上海人胃口。若真正之外国大菜，恐怕华人问津的不多吧。

在三四十年前，内地是没有西菜的，只有那些通商口岸，如上海等处，方有西菜。内地人到上海吃西菜，并不是为了西菜的味道好，只是动于好奇心罢了，然而因此却常常闹出笑话来。我记得吾家某一位亲戚中老太太，为了吃西菜，用洋刀割碎了嘴唇，她不合将一块猪排，用刀扞了，送到嘴里去，哪知刀子很快，在嘴唇边上一勒，开了一个血盆大口。还有一位先生，我是亲眼见的，西菜中吃了水果以后，用银碗送上一碗水来，那是洗手用的，而这位先生以为银碗里的水，必是可以喝的，竟一连喝了几口，主人也只作不见，未便说穿，而西崽们已掩口壶卢而笑了。诸如此类，不胜枚举。

到西洋人所开的大菜馆里去，更容易闹出笑话，因为他们的菜单是西文的，并不备有中文菜单，要是不懂得西文的人，真有些尴尬。西文菜单上，往往用的 AB 制，譬如有的吃浓汤，有的吃清汤，有的吃猪肉，有的吃牛肉，有的吃冰忌廉，有的吃热点。侍者们以为你到这里来吃西菜，总是懂得西文的（有的侍者还是外国女人），他们便拿了菜单，请你于 AB 制中选一样了。

不懂西文的人真糟了，他看了菜单最后几行，他意想以为是点心或是饭类，因为上海的宁波大菜，他吃惯是如此的。及至拿来一看，乃是两枝雪茄，那末是吸好呢？不吸好呢？有一位某君在吃西餐时，有一碟纸包鸡，他连包鸡的纸也一古脑儿吃进了肚里去，闹了一个笑话。诸如此类，不一而足。

饮食亦有入境问禁、入国问俗之必要。譬如说，北京避去一蛋字，因为他们骂人，常用一蛋字，如浑蛋、炒蛋、倒蛋、昏蛋、王八蛋之类，故关于肴馔中之蛋字，辄避去之，所以皮蛋则曰松花，炒蛋则曰摊黄菜，溜蛋则曰溜黄菜，水铺蛋则曰卧果儿，蛋花汤则曰木樨汤，蛋糕有呼之为槽糕者，终不说出一蛋字来。然而不谙此间风俗者，殊莫名其妙也。

饮食时亦有许多忌讳，如同席不能有十三人，不得以盐粒洒落桌上等等，这都是欧风东渐以后的禁忌。

在中国旧时，亦有种种禁忌。商界中吃"接路头酒"，以肴馔中之鸡头向某人，某人即有停歇之虞（问宁波人有此规矩，苏人则无之）。又在船上吃饭，不得以箸搁置碗上（向来俗例，以筷搁饭碗上，表示敬礼）。诸如此类，亦视各地风尚有种种的不同。

中国士夫宴会，往往有不能准时到者，此亦一恶习也。譬如请柬上约定午餐为十二时者，至下午两点钟，客尚未齐，约定晚餐为下午七时，至八九点钟，客犹未至，颇使主人为难。或谓此风始于北京，北京地方辽阔，当时交通工具，尚未有汽车，仅恃骡车以代步，而宴客者又在自己宅内，散居各处，自西城以至东城，路上且须耽搁不少时间也。凡外官入京，其酬酢必繁，京官必宴请之，以尽地主之谊。前有某京官宴一外官，并约其友数京官为陪客，乃中午请客，候至将及上灯时（北京冬天日短），此外官之特客尚未至，主人大怒，乃先入座，与友畅饮，曰："某君必不来，来亦听之。"至二鼓时而外官至，乃令阍人传语曰："主人明日早直，陪客皆须入城，不及待了，改日再奉请吧！"外官大惭沮而去。

亦有主人请客，客俱至而主人不来，竟有忘却其事者，此非所以敬客而且是慢客了。官场中宴饮，往往有主人自己不来而派一人为代表的，倘非有他种紧要的事而为所阻者，亦非相宜。请客而主人不来，我曾遇之，且请有多客，早有定座，于是诸客商量，饱餐一顿，不待主人光临，便即散去。请客而忘却其事者，我亦遇之，此为至好某君，仅约我一人，我迟某君不至，而饥肠雷鸣，乃命餐馆进餐，并写在某君账上（因我与某君，在此餐馆中均有账也），餐毕，留一打油诗而去。

此种事，最易得罪朋友。曾见某笔记所载，某公与某公，文章道德，均为世所尊崇，而为了饮食细故，遂至不慊于怀，甚至对于政事上亦怀有意见，互相龃龉的。不但是私家笔记，即史册上所载，因酒食而生隙的，也有很多记载咧。

（《杂志》1945年第15卷第5期，署名天笑）

图书在版编目（CIP）数据

衣食住行的百年变迁：外两种 / 包天笑著；王稼句整理. -- 北京：华文出版社，2024.7

ISBN 978-7-5075-5965-1

Ⅰ.①衣… Ⅱ.①包… ②王… Ⅲ.①随笔—作品集—中国—当代 Ⅳ.①I267.1

中国国家版本馆CIP数据核字（2024）第111127号

衣食住行的百年变迁（外两种）

著　　者：包天笑
整　　理：王稼句
策　　划：胡　子
责任编辑：寇　宁
出版发行：华文出版社
地　　址：北京市西城区广外大街305号8区2号楼
邮政编码：100055
网　　址：http://www.hwcbs.cn
电　　话：总编室 010-58336239　　责任编辑 010-58336195
　　　　　发行部 010-58336267
经　　销：新华书店
印　　刷：三河市航远印刷有限公司
开　　本：787mm×1092mm　1/32
印　　张：8.25
字　　数：118千字
版　　次：2024年7月第1版
印　　次：2024年7月第1次印刷
标准书号：ISBN 978-7-5075-5965-1
定　　价：48.00元

版权所有，侵权必究